# 不朽的失眠

# 的

# 眠

张晓风
经典美文 /

四川人民出版社

| **目录** |
*Contents*

## 只因为年轻啊

## 一 朵

## 不朽的失眠

# 霜　橘

## 山的春、秋记事

## 题库中的陆游

# Chapter1
## 只因为年轻啊

一场刻骨的爱情就不算烟云过眼吗？一番功名利禄就不算滚滚尘埃吗？不是啊，青春太好，好到你无论怎么过都觉浪掷，回头一看，都要生悔。

爱情篇

# 两　岸

　　我们总是聚少离多，如两岸。

　　如两岸——只因我们之间恒流着一条莽莽苍苍的河。我们太爱那条河，太爱太爱，以至竟然把自己站成了岸。

　　站成了岸，我爱，没有人勉强我们，我们自己把自己站成了岸。

　　春天的时候，我爱，杨柳将此岸绿遍，漂亮的绿绦子潜身于同色调的绿波里，缓缓地向彼岸游去。河中有萍，河中有藻，河中有云影天光，仍是《国风·关雎》篇的河啊，而我，一径向你泅去。

我向你泅去，我正遇见你，向我泅来——以同样柔和的柳条。我们在河心相遇，我们的千丝万绪秘密地牵起手来，在河底。

只因为这世上有河，因此就必须有两岸以及两岸的绿杨堤。我不知我们为什么只因坚持要一条河，而竟把自己矗立成两岸，岁岁年年相向而绿，任地老天荒，我们合力撑住一条河，死命地呵护那千里烟波。

两岸总是有相同的风，相同的雨，相同的水位。酢浆草匀分给两岸相等的红，鸟翼点给两岸同样的白，而秋来蒹葭露冷，给我们以相似的苍凉。

蓦然发现，原来我们同属一块大地。

纵然被河道凿开，对峙，却不曾分离。

年年春来时，在温柔得令人心疼的三月，我们忍不住伸出手臂，在河底秘密地挽起。

# 定义及命运

年轻的时候，怎么会那么傻呢？

对"人"的定义，对"爱"的定义，对"生活"的定义，对莫名其妙的刚听到的一个"哲学名词"的定义……

那时候，老是郑重其事地把左掌右掌看了又看，或者，从一条曲曲折折的感情线，估计着感情的河道是否决堤。有时，又正经地把一张脸交给一个人，从鼻山眼水中，去窥探一生的风光。

奇怪，年轻的时候，怎么什么都想知道？定义，以及命运。年轻的时候，怎么就没有想到，人原来也可以有权不知不识而大剌剌地活下去。

忽然有一天，我们就长大了，因为爱。

去知道明天的风雨已经不重要了，执手处张发可以为风帜，高歌时，何妨倾山雨入盏，风雨于是不重要了，重要的是找一方共同承风挡雨的肩。

忽然有一天，我们把所背的定义全忘了，我们遗失了登山指南，我们甚至忘了自己，忘了那一切，只因我们已登山，并且结庐于一弯溪谷。千泉引来千月，万窍邀来万风，无边的庄严中，我们也自庄严起来。

而长年的携手，我们已彼此把掌纹叠印在对方的掌纹上，我们的眉因为同蹙同展而衔接为同一个名字的山脉，我们的眼因为相同的视线而映出为连波一片，怎样的看相者才能看明白这样的两双手的天机，怎样的预言家才能说清楚这样的两张脸的命运？

蔷薇几曾有定义，白云何所谓其命运，谁又见过为劈头迎来的巨石而焦灼的流水？

怎么会那么傻呢，年轻的时候？

## 从　俗

当我们相爱——在开头的时候——我们觉得自己清雅飞逸，仿佛有一个新我，自旧我中飘然游离而出。

当我们相爱时，我们从每一寸皮肤、每一缕思维伸出触角，要去探索这个世界，拥抱这个世界，我们开始相信自己的不凡。

相爱的人未必要朝朝暮暮相守在一起——在小说里都是这样说的，小说里的男人和女人一眨眼便已暮年，而他们始终没有生活在一起，他们留给我们的是凄美的回忆。

但我们是活生生的人，我们不是小说，我们要朝朝暮暮，我们要活在同一个时间，我们要活在同一个空间，我们要相厮相守，相牵相挂，于是我们放弃飞腾，回到人间，和一切庸俗的人一同庸俗。

如果相爱的结果是使我们平凡，让我们平凡。

如果爱情的历程是让我们由纵横行空的天马变而为忍辱负重、行向一路崎岖的承载驾马，让我们接受。

如果爱情的轨迹总是把云霄之上的金童玉女贬为人间烟火中的匹夫匹妇，让我们甘心。

我们只有这一生，这是我们唯一的筹码，我们要合在一起下注。

我们只有这一生，这是我们唯一的戏码，我们要同台演出。

于是，我们要了婚姻。

于是，我们经营起一个巢，栖守其间。

有厨房，有餐厅，那里有我们一饮一啄的牵情。

有客厅，那里有我们共同的朋友，以及他们的高谈阔论。

有兼为书房的卧房，各人的书站在各人的书架里，但书架相衔，矗立成壁，连我们那些完全不同类的书也在声气相求。

有孩子的房间，夜夜等着我们去为一双娇儿痴女念故事，并且盖他们老是踢掉的棉被。

至于我们曾订下的山之盟呢？我们所渴望的水之约呢？让它等一等，我们总有一天会去的，但现在，我们已选择了从俗。

贴向生活，贴向平凡，山林可以是公寓，电铃可以是诗，让我们且来从俗。

# 偶　成

## 海滩和狗

所有海滩以及画片上该有的，这里都有了：蓝天、白云、永不疲倦的浪、漂亮的穿着泳装的男女、遮阳伞、饮料、舒服的度假旅馆……

我坐在度假旅馆的半圆形阳台上，俯瞰海滩（奇怪，此地的话叫露台，想想也对，大约白天承受阳光，夜晚承受露水）。楼很高，难免形成自己超然俯察的地位，这一天的我很快乐，但不是为超然，而是因为没有歉疚感。本来，到这种处处阳光处处山径的小岛上来度假，以我的个性来说，难免不安。但这一次，我们是义务替一个中文写作班讲一星期的课，在这英国人的殖民地上教华人中文，题目够正大了，工作也够辛苦了，受人招待住个度假旅馆，也是该的……

岛的名字叫长洲，距离香港有个把小时船程，有一种水天悠悠含融不尽的余致。

我该去料理一下讲义的，却整个下午愣愣地坐在露台上，看整条海滩。海滩由于坦呈过分，其实也没什么可以看的，我呆在那里是由于两只一黑一花的狗……

狗的主人很壮硕，远远看去，他大约正在进行训练计划。教具是一只胶质拖鞋，他把拖鞋从脚上脱下来，往海里掷去，然后把两只在阳光下嬉戏的狗叫住，示意它们去把拖鞋捡回来。两只狗果然都停了游戏，拼命往水边跑去，及至跑到岸边，那只花的愣头愣脑地继续往前冲，从虽不险恶却也难缠的浪涛中游过去，把拖鞋衔了回来，放在主人脚前。

至于那只黑的，虽也急急忙忙跑到水边，却忽然趑趄不前，歪着头深思起来，隔着五百米，我恍惚能看到它庄严的表情。对花狗近乎莽撞的行为，它做出一副"我方尚在审慎观察中"的嘴脸，等花狗把拖鞋捡了回来，它也不置一词。两个家伙观念虽殊，倒不影响交情，当下又一起撒起欢来。

不到五秒钟，主人一声吆喝，拖鞋又在浪涛里浮沉了，两只狗又拼命冲到岸边，花的那只仍作"舍我其谁式"的冲刺，黑的这只仍像多虑的哈姆雷特王子，喃喃自问："为之乎？抑不为之乎？"

这件事，因为做了一下午，我也就看了一下午，看到日影渐黯，我把同来演讲的慕蓉从梦中叫起，强迫她也一起看。"奇怪啊！你看那怪人，他一定要把狗教成会从海浪里捡回拖鞋有什么用呢？而那只花狗也傻，人家出了题目它就一定做，它怎么都不知道自己可以不做呢？那只黑狗才更奇怪——它每次一定跑，等跑到水边又立刻变成一副深思熟虑的样子……"

女友也看傻了。

"我懂了，"我忽然宣布这一下午的看狗心得，"那花狗是艺术家，不知死活的那一种，忽然发现造化少了一只鞋，就抵死要去把那缺憾补回来，一次一次把自己累得半死也不知停；黑狗却是哲学家，它在想，鞋子捡回来，又怎么样呢？又能怎么样呢？造化又不知安着什么心眼？拖鞋事件大约跟希腊神话里西西弗斯的那块石头，或中国神话里吴刚的那株桂树类同吧？这一场不知何时罢手的永恒重复，做了亦无所得，不做，亦无所失。每次它跑到岸边，脚趾触到温暖的海水，它就穷知究虑起来。它每想一次，疑团就更大，决定就更困难。看来生命是一场善意的圈套，在一带美丽的海滩上进行，你不知该怎么办。上当呢，是傻；不上当呢，是无趣。"

慕蓉笑了起来。

"我们都是那只累得半死的艺术家狗，是吗？"

天终于黑下来，海景自动消失，一切美丽恢复为混沌，一切荒谬亦然，我松了一口气——否则我倒真的不知如何从那一鞋二狗的永劫中抽身而出呢！

## 钉　痕

一开头，在俯身捡起钉子的刹那，我就已经知道自己错了。

那是一枚好钉，亮晶晶且铁铮铮，首尾约七厘米，阳光下崭新的，显然还没有用过，但不知为什么会被人遗失在路边。

这条路叫窝打老道，是九龙的一条大路，"窝打老"其实就是"滑铁卢"，英国人最引以为荣的地名，现在拿来按给这条路了。这么宽大这么伸长的一条路，这么人事匆忙、地价如金的一条路，怎么会好端端冒出一枚钉子来呢？

所谓悲剧，某些时候大约就是指不得其时、不得其地和不得其位吧？一枚雪亮的钉子，躺在路边——这件事本身既荒谬又凄伤，其境遇完全等于美人失宠或壮士失托。弄得不好，它会身不由己地去戳破轮胎，日复一日，我知道它终会骨销色败，变成纷纷锈屑。捡起它，是出于一时冲动，一份轻量级的侠情，觉得自己代为收拾的亦是某个生命的困顿灾厄。

回想起来，就在手指尚未触及钉尖之前，我不但明白自己又错了，而且连自己错在何处，也一并看清楚了。这半生拾拾捡捡的事太多，无非因为疼惜，但疼惜只是心念的一刹那剧动，事后又哪里真有力量能照顾到底？曾有好几年，每到六月，我都到校园的相思树干上去摘下蝉蜕，然后一只只积存着，那也是某种歌唱家的一生啊！到后来因为积存太多，想想，狠了心，一股脑儿拎去送给一位中医做药材了。此刻，我竟又多事来捡一枚钉，我要这枚钉干什么呢？我能放它在哪里呢？一枚钉子塞在我的手提袋里也并不见得比躺在马路边不荒谬啊！

然而，反省只是我不切实际的习惯，事实上"拾钉子"这件事情根本是我早已定案的决定——而决定，在我看到它的那一秒已经完成。

捡钉事件的整个过程，其实不过是一俯身间，不料思绪千回百转，我竟意外地检阅了这仓促的半生。我是一个"舍不得"的人，就连别人以为我在"用功"的那些事，也无非是一种舍不得的心情。舍不得前人的一代风华就此凋萎零落，才在故纸堆中一一掇拾流连。钉子终于放进我的皮包里，我给自己找了一个很好的理由，叫作"以志吾过"。每次开关皮包之际，我用这显得十分突兀的钉子提醒自己说：

"你看，对钉子你又能救拔它多少次呢？一枚钉子尚且如此，一个时代你又能扛几斤责任呢？你自己也无非是一枚小钉子罢了。"

后来，每次赴港经过窝打老道，我总会在捡拾钉子的老地方小立一下。想起当日艳阳下钉子耀眼的晶光，想起任性使气的自己，以及一切不得其时、不得其地、不得其位的众生，我的心恍如牢牢深深地楔入一枚钉子，因而变得凄紧。想来众生之中极美的基督之所以为基督，也无非是双掌心里各拥有一枚钉痕吧？而我，在捡拾一枚钉子的小小动作里，也因那爱怜的一握，而在掌心留下微痛的痕记。

## 一只公鸡和一张席子

先说一个故事，发生在希腊的：

哲人苏格拉底，在诲人不倦之余，被一场奇怪的官司缠上身，翻来覆去，居然硬是辩解不明。唉！一个终生靠口才吃饭的教师居然不能使人明白他简单的意念，众人既打定主意断定他是个妖言惑众的异议分子，便轻率地判他个死刑，要他饮毒而亡。

这判决虽荒谬，但程序一切合法，苏格拉底也就不抵抗，准备就义。

有人来请示他有何遗言要交代，他说：

"我欠耶斯科利皮亚斯一只公鸡，记得替我还这笔债。"

中国也有一位圣人，叫曾子，他倒是寿终正寝的。他临终的时候无独有偶的，也因为一个小童的提醒而想起一桩事来，于是十万火急地叫来家人，说：

"快，帮我把我睡的这张簟席换一换。"

他病体支离，还坚持要换席子，不免弄得自己十分辛苦，席子一换好，他便立刻断气了。

这两位东西圣哲之死说来都有常人不及之处。

苏格拉底坚持"欠鸡还鸡"，是因为不肯把自己身后弄成"欠债人"。人生一世，"说"了些什么其实并不十分得要，此身"是"什么才比较重要。其实苏格拉底生前并未向谁"借鸡"，他之欠鸡是因为他自觉死得非常自然（希腊当年有极其高明的安乐死的药），是医神所赐，这只鸡是酬谢神明的。身为苏格拉底岂可不知恩谢恩，务期历历分明，能做到一鸡不欠，才是清洁，才是彻底。而曾子呢？他也一样，当时他睡的席子是季孙送的，那席子华美明艳，本来适合官拜"大夫"的人来用，曾子不具备这身份，严格地说，是不该躺的，平时躺躺倒也罢了，如果死在这张席子上就太不合礼仪了。

曾子临终前急着把这件事作个是非了断，不该躺的席子，就该离开，一秒钟也不能耽搁，他完成了生平最后一件该做的事。

这两位时代差不多的东西双圣立身务期清高，绝不给自己的为人留下可议之处。他们竭力不欠人或欠神一分，不僭越一分，他们的生命里没有遮光的黑子，他们的人格光华通透。

写故事的人都知道，最后一段极为重要，人生最后一段该想些什么，说些什么，做些什么，应该值得我们及早静下心来深思一番吧！

我有一个梦

## 楔　子

四月的植物园，一头走进去，但见群树汹涌而来，各绿其绿，我站在旧的图书馆前，心情有些迟疑。新荷已"破水而出"，这些童年期的小荷令人忽然懂得什么叫疼怜珍惜。

我迟疑，只因为我要去找刘白如先生谈自己的痴梦，有求于人，令我自觉羞惭不安，可是，现在是春天，一切的好事都应该可以有权利发生。

似乎是仗了好风好日的胆子，我于是走了进去，找到刘先生，把我的不平和愿望一五一十地说了。我说，我希望有人来盖一间中文教室——盖一间合乎美育原则的，像中国旧式书斋的教室。

我把话说得简单明了，所以只消几句就全说完了。

"构想很好，"刘先生说，"我来给你联络台中明道中学的汪校长。"

"明道是私立中学，"我有点担心，"这教室费财费力，明道未必承担得下来，我看还是去找'教育部'或'教育厅'来出面比较好。"

"这你就不懂了，还是私立学校单纯——汪校长自己就做得了主。如果案子交给公家，不知道要左开会右开会，开到什么时候。"

我同意了，当下又聊了些别的事，我即开车回家，从植物园到我家，大约十分钟车程。

走进家门，尚未坐下，电话铃已响，是汪校长打来的，刘先生已把我的想法都告诉他了。

"张教授，我们原则上就决定做了，过两

天，我上台北，我们商量一下细节。"

我被这个电话吓了一跳，世上之人，有谁幸运似我，就算是暴君，也不能强迫别人十分钟以后立刻决定承担这么大一件事。

我心里胀满谢意。

两年以后，房子盖好了，题名为"国学讲坛"。

一开始，刘先生曾命我把口头的愿望写成具体的文字，可以方便宣传，我谨慎从命，于是写了这篇《我有一个梦》。

我有一个梦。

我不太敢轻易地把这梦说给人听，怕遭人耻笑——毕竟，在这个世界上敢于去梦想的人并不多。

让我把故事从许多年前说起：南台湾的小城，一个女中的校园。六月，成串的黄花沉甸甸地垂自阿勃拉花树。风过处，花雨成阵，松鼠在老树上飞奔如急箭，音乐教室里传来三角大钢琴的玲琮流泉……

啊！我要说的正是那间音乐教室！

我不是一个敏于音律的人，平生也不会唱几首歌，但我仍深爱音乐。这，应该说和那间音乐教室有关吧！

　　我仿佛仍记得那间教室：大幅的明亮的窗，古旧却完好的地板，好像是日据时期留下的大钢琴，黄昏时略显昏暗的幽微光线……我们在那里唱"苏连多岸美丽海洋"，我们在那里唱"阳关三叠"。

　　所谓学习音乐，应该不只是一本音乐课本、一个音乐老师。它岂不也包括那个阵雨初霁的午后，那熏人欲醉的南风，那树梢悄悄的风声，那典雅的光可鉴人的大钢琴，那开向群树的格子窗……

　　近年来，我有机会参观一些耗资数百万或上千万的自然科学实验室。明亮的灯光下，不锈钢的颜色闪烁着冷然且绝对的知性光芒。令人想起伽利略，想起牛顿，想起历史回廊上那些伟大耸动的名字。实验室已取代古人的孔庙，成为现代人知识的殿堂，人行至此都要低声下气，都要"文武百官，至此下马"。

　　人文方面的教学也有这样伟大的空间吗？有

的。英文教室里，每人一副耳机，清楚的录音带会要你把每一节发音都校正清楚，电视画面上更有生动活泼的镜头，诱导你可以做个"字正腔圆"的"英语人"。

每逢这种时候，我就暗自叹息，在我们这号称为"华夏"的土地上，有没有哪一个教育行政人员，肯把为物理教室、化学教室或英语教室所花的钱匀出一部分用在中国语文教室里的？换句话说，我们可以来盖一间国学讲坛吗？

当然，你会问："国学讲坛？什么叫国学讲坛？国文哪需要什么讲坛？国学讲坛难道需要望远镜或显微镜吗？国文会需要光谱仪吗？国文教学不就只是一位戴老花眼镜的老先生凭一把沙喉老嗓就可以廉价解决的事吗？"

是的，我承认，曾经有位母亲，蹲在地上，凭一根树枝、一堆沙子，就这样，她教出了一位欧阳修来。只要有一公尺见方的地方，只要有一位热诚的教师和学生，就能完成一场成功的教学。

但是，现在是八十年代了，我们在一夕之间已成暴富，手上捧着钱茫茫然不知该做什么……为什么在这种时候，我们仍然要坚持阳春式的国文教学呢？

我有一个梦。（但称它为梦，我心里其实是委屈的啊!）

我梦想在这土地上，除了能为英文为生物为化学为太空科学设置实验室之外，也有人肯为国文设置一间讲坛。

我梦想一位国文老师在教授"好鸟枝头亦朋友，落花水面皆文章"的时候，窗外有粉色羊蹄甲正落入春水的波面，苦楝树上也刚好传来鸟鸣，周围的环境恰如一片舞台布景板，处处笺注着白纸黑字的诗。

晚明吴从先有一段文字令人读之目醉神驰，他说："斋欲深，槛欲曲，树欲疏，萝薜欲青垂；几席、栏干、窗窦，欲净滑如秋水；榻上欲有云烟气；墨池、笔床，欲时泛花香。读书得此护持，万卷尽生欢喜。琅嬛仙洞，不足羡矣。"

吴从先又谓："读史宜映雪，以莹玄鉴。读子宜伴月，以寄远神。……读《山海经》《水经》、丛书小史，宜倚疏花瘦竹，冷石寒苔，以收无垠之游，而约缥缈之论。读忠烈传，宜吹笙鼓瑟以扬芳。读奸佞传，宜击剑捉酒以销愤。读'骚'宜空山悲号，可以惊蛰。读赋宜纵水狂呼，可以旋风……"

——啊，不，这种梦太奢侈了！要一间平房，要房外的亭台楼阁花草树木，要春风穿户，夏雨叩窗的野趣，还要空山幽蛰，笙瑟溢耳。这种事，说出来——谁肯原谅你呢？

那么，退而求其次吧！只要一间书斋式的国学讲坛吧！要一间安静雅洁的书斋，有中国式的门和窗，有木质感觉良好的桌椅，你可以坐在其间，你可以第一次觉得做一个华夏人也是件不错的事，也有其不错的感觉。

那些线装书——就是七十多年前差点遭一批激进分子丢到茅厕坑里去的那批——现在拿几本来放在桌上吧！让年轻人看看宋刻本的书有多么典雅娟秀，字字耐读。

教室的前方，不妨有"杏坛"两字，如果制成匾，则悬挂高墙，如果制成碑，则立在地上。根据《金石索》的记录，在山东曲阜的圣庙前，有金代党怀英所书"杏坛"两字，碑高六尺（指汉制的六尺）宽三尺，字大一尺八寸。我没去过曲阜，不知那碑如今尚在否？如果断碑尚存，则不妨拓回来重制，如果连断碑也不在了，则仍可根据《金石索》上的图样重刻回来。

唐人钱起的诗谓："更怜童子宜春服，花里寻师到杏坛。"百年来我们的先辈或肝脑涂地或胼手胝足，或躲在防空洞里读其破本残卷，或就着油灯饿着肚子皓首穷经——但这一切是为了什么？岂不是为了让我们的下一代活得幸福光彩，让他们可以穿过美丽的花径，走到杏坛前去接受教化，去享受一个华夏少年的对中国文化理所当然的继承权。

教室里，沿着墙，有一排矮柜，柜子上，不妨放些下课时可以把玩的东西。一副竹子搁臂，凉凉的，上面刻着诗。一个仿制的古瓮，上面刻着元曲，让人惊讶古代平民喝酒之际也不忘诗趣。一把仿同治时代的茶壶，肚子上面刻着一圈二十个字："落雪飞芳树，幽红雨淡霞。薄月迷香雾，流风舞艳花。"学生正玩着的时候，你可以告诉孩子们这是一首回文诗，全世界只有中国语言可以做的回文诗。而所谓回文诗，你可以从任何一个字念起，意思都通，而且都押韵。当然，如果教师有点语言学的知识，他可以告诉孩子汉语是孤立语（Isolating Language）跟英文所属的屈折语（Inflectional Language）不同。至于仿长沙马王堆的双耳漆器酒杯，由于是沙胎，摇起来里面还会响呢！这比电动玩具可好玩多了吧？酒杯上还有篆文，"君幸酒"三个字，可堪细细看去。如果找到好手，也可以用牛肩胛骨做一块仿古甲骨文，所谓学问，有时固然自苦读中得来，有时也不妨从玩耍中得来。

墙上也有一大片可利用的地方，拓一方汉墓石，如何？跟台北画价动辄十万相比，这些古物实在太便宜了，那些画像砖之浑朴大方，令人悠然神往。

如果今天该讲岳飞的《满江红》，何不托人到杭州岳王坟上拓一张岳飞真迹来呢！今天要介绍"月落乌啼霜满天"吗？寒山寺里还有俞樾那块诗碑啊！如果把康南海的那一幅比照来看，就更有意思，一则"古钟沦日史"的故事已呼之欲出。杜甫成都浣花溪的千古风情，或诸葛武侯祠的高风亮节，都可以在一幅幅挂轴上留下来。

你喜欢有一把古琴或古筝吗？有，也可以；没有，也可以。这种事不妨即兴。

你喜欢有一点檀香加茶香吗？有，也可以；没有，也可以。这种事只消随缘。

如果学生兴致好，他们可以在素净的钵子里养一盆素心兰，这样，他们会了解什么叫中国式的芬芳。

教室里不妨有点音响设备，让听惯玛丹娜的耳朵，听一听什么叫笛？什么叫箫？什么叫"把乌"？什么叫筚篥……

你听过"鱼洗"吗？一只铜盆，里面刻镂着细致的鱼纹，你在盆里注上大半盆水，然后把手微微打湿，放在铜盆的双耳上摩擦，水就像细致如丝的喷柱，激射而出——啊，世上竟有这么优雅的玩具。当然，如果你要用物理上的"共振"来解释它，也很好。如果你不解释，仅只让下了课的孩子去"好奇一下"，也就算够本。

如果有好端砚，就放一方在那里。你当然不必迷信这样做就能变化气质。但砚台也是可以玩可以摸的，总比玩超人好吧？那细致的石头肌理具有大地的性格，那微凹的地方是时间自己的雕痕。

你要让年少的孩子去吃麦当劳，好吧，由你。你要让他们吃肯德基？好，请便。但，能不能，在他年少的时候，在小学，在中学，或者在大学，让他有机会坐在一间中国式的房子里。让他眼睛看到的是中国式的家具和摆设，让他手摸到的是中国式的器皿，让他——我这样祈祷应该不算过分吧——让他忽然对自己说："啊！我是一个华夏人！"

音乐有教室，因为它需要一个地方放钢琴。理化有教室，因为它需要一个空间放仪器。体育则花钱更多。那么，容不容许辟一间国学讲坛呢？这样的梦算不算妄想呢？如果我说，教中文也需要一间讲坛——那是因为我有一整个中国古典文化梦想放在里面啊!

我有一个梦!这是一个不忍告诉别人,又不忍不告诉别人的梦啊!

# 只因为年轻啊

## 一 爱·恨

小说课上，正讲着小说，我停下来发问：

"爱的反面是什么？"

"恨！"

大约因为对答案很有把握，他们回答得很快而且大声，神情明亮愉悦，此刻如果教室外面走过一个不懂中国话的老外，随他猜一百次也猜不出他们唱歌般快乐的声音竟在说一个"恨"字。

我环顾教室，心里浩叹，只因为年轻啊，只因为年轻啊，我放下书，说：

"这样说吧，譬如说你现在正谈恋爱，然后呢？

就分手了，过了五十年，你七十岁了，有一天，黄昏散步，冤家路窄，你们又碰到一起了，这时候，对方定定地看着你说：

"'×××，我恨你!'

"如果情节是这样的，那么，你应该庆幸，居然被别人痛恨了半个世纪，恨也是一种很容易疲倦的情感，要有人恨你五十年也不简单，怕就怕在当时你走过去说：

"'×××，还认得我吗?'

"对方愣愣地呆望着你说：

"'啊，有点面熟，你贵姓?'"

全班学生都笑起来，大概想象中那场面太滑稽、太尴尬吧？

"所以说，爱的反面不是恨，是漠然。"

笑罢的学生能听得进结论吗？——只因为太年轻啊，爱和恨是那么容易说得清楚的一个字吗？

## 二 受创

来采访的学生在客厅沙发上坐成一排，其中一个发问道：

"读你的作品，发现你的情感很细致，并且总是在关怀，但是关怀就容易受伤，对不对？那怎么办呢？"

我看了她一眼，多年轻的额，多年轻的颊啊，有些问题，如果要问，就该去问岁月，问我，我能回答什么呢？但她的明眸定定地望着我，我忽然笑了起来，以几乎有点促狭的口气说：

"受伤，这种事是有的——但是你要保持一个完完整整不受伤的自己做什么用呢？你非要把你自己保卫得好好的不可吗？"

她惊讶地望着我，一时也答不上话。

人生世上，一颗心从擦伤、灼伤、冻伤、撞伤、压伤、扭伤，乃至到内伤，哪能一点伤害都不受呢？如果关怀和爱就必须包括受伤，那么就不要完整，只要撕裂，基督不同于世人的，岂不正在那双钉痕宛在的受伤手掌吗?

小女孩啊,只因年轻,只因一身光灿晶润的肌肤太完整,你就舍不得碰撞就害怕受创吗?


## 三　经济学的旁听生

"什么是经济学呢?"他站在台上,金丝边眼镜,灰西装,声音平静,典型的中年学者。

台下坐的是大学一年级的学生,而我,是置身在这二百人大教室里偷偷旁听的一个。

从一开学我就昂奋起来,因为在课表上看见要开一门"社会科学概论"的课程,包括四位教授来设"政治"、"法律"、"经济"、"人类学"四个讲座。

想起可以重新做学生,去听一门门对我而言崭新的知识,那份喜悦真是掩不住藏不严,一个人坐在研究室里都忍不住要轻轻笑起来。

"经济学就是把'有限资源'作'最适当的安排'，以得到'最好的效果'"。

台下的学生沙沙地记着笔记。

"经济学为什么发生呢？因为资源'稀少'，不单物质'稀少'，时间也'稀少'——而'稀少'又是为什么？因为，相对于'欲望'，一切就显得'稀少'了……"

原来是想在四门课里跳过经济学不听的，因为觉得讨论物质的东西大概无甚可观，没想到一走进教室来竟听到这一番解释。

"你以为什么是经济学呢？一个学生要考试，时间不够了，书该怎么念，这就叫经济学啊！"

我愣在那里反复想着他那句"为什么有经济学——因为稀少——为什么稀少，因为欲望"而麻颤惊动，如同山间顽崖愚壁偶闻大师说法，不免震动到石骨土髓咯咯作响的程度。

原来整场生命也可作经济学来看，生命也是如此短小稀少啊！而人的不幸却在于那颗永远渴切不止的有所索求、有所跃动、有所未足的心，为什么是这样的呢？为什么竟是这样的呢？我痴坐着，任泪下如麻不敢去动它，不敢让身旁年轻的助教看到，不敢让大一年轻的孩子看到。

奇怪，为什么他们都不流泪呢？只因为年轻吗？只因年轻就看不出生命如果像戏，也只能像一场短短的独幕剧吗？"朝如青丝暮成雪"，乍起乍落的一朝一暮间又何尝真有少年与壮年之分？"急罚盏，夜阑灯灭"，匆匆如赴一场喧哗夜宴的人生，又岂有早到晚到早走晚走的分别？然而他们不悲伤，他们在低头记笔记。听经济学听到哭起来，这话如果是别人讲给我听的，我大概会大笑，笑人家的滥情，可是……

"所以，"经济学教授又说话了，"有位文学家卡莱亚这样形容：经济学是门'忧郁的科学'……"

我疑惑起来，这教授到底是因有心而前来说法的长者，还是以无心来度脱的异人？至于满堂的学生正襟危坐是因岁月尚早，早如揭衣初涉水的浅溪，所以才凝然无动吗？为什么五月山栀子的香馥里，独独旁听经济学的我为这被一语道破的短促而多欲的一生而又惊又痛泪如雨下呢？


## 四　如果作者是花


年年岁岁花相似，岁岁年年人不同。


诗选的课上，我把句子写在黑板上，问学生：

"这句子写得好不好？"

"好！"

他们的声音听起来像真心的，大概在强说愁的年龄，很容易被这样工整、俏皮而又怅惘的句子所感动吧？

"这是诗句，写得比较文雅，其实有一首新疆民谣，意思也跟它差不多，却比较通俗，你们知道那歌词是怎么说的？"

他们反应灵敏，立刻争先恐后地叫出来：

太阳下山明早依旧爬上来，

花儿谢了明年还是一样地开。

美丽小鸟飞去无影踪，

我的青春小鸟一样不回来，

我的青春小鸟一样不回来。

那性格活泼的干脆就唱起来了。

"这两种句子从感性上来说，都是好句子，但从逻辑上来看，却有不合理的地方——当然，文学表现不一定要合逻辑，但是我还是希望你们看得出问题在哪里。"

他们面面相觑，又认真地反复念诵句子，却没有一个人答得上来。我等着他们，等满堂红润而聪明的脸，却终于放弃了，只因太年轻啊，有些悲凉是不容易觉察的。

"你知道为什么说'花相似'吗？是因为陌生。因为我们不懂花，正好像一百年前，我们在中国是很少看到外国人，所以在我们看起来，他们全是一个样子，而现在呢，我们看多了，才知道洋人和洋人大有差别，就算都是美国人，有的人也有本领一眼看出住纽约、旧金山和南方小城之人的不同。我们看去年的花和今年的花一样，是因为我们不是花，不曾去认识花、体察花。如果我们不是人，而是花，我们会说：

"'看啊，校园里每一年都有全新的新鲜人的面孔，可是我们花却一年老似一年了。'

"同样的，新疆歌谣里的小鸟虽一去不回，太阳和花其实也是一去不回的，太阳有知，太阳也要说：

"'我们今天早晨升起来的时候，已经比昨天疲软苍老了，奇怪，人类却一代一代永远有年轻的面孔……'

"我们是人，所以感觉到人事的沧桑变化。其实，人世间何物没有生老病死，只因我们是人，说起话来就只能看到人的痛。你们猜，那句诗的作者如果是花，花会怎么写呢？"

"年年岁岁人相似，岁岁年年花不同。"他们齐声回答。

他们其实并不笨，不，他们甚至可以说很聪明，可是，刚才他们为什么全不懂呢？只因为年轻，只因为对宇宙间生命共有的枯荣代谢的悲伤有所不知啊！


## 五　高倍数显微镜


他是一位生物系的老教授，外国人，我认识他的时候他已经退休了。

"小时候，父亲是医生，他看病，我就站在他旁边，他说：'孩子，你过来，这是哪一块骨头？'我就立刻说出名字来……"

我喜欢听老年人说自己幼小时候的事，人到老年还不能忘的记忆，大约有点像太湖底下捞起的石头，是洗净尘泥后的硬瘦剔透，上面附着一生岁月所冲积洗刷出的浪痕。

这人大概注定要当生物学家的。

"少年时候，喜欢看显微镜，因为那里面有一片神奇隐秘的世界，但是看到最细微的地方就看不清楚了，心里不免想，赶快做出高倍数的新式显微镜吧，让我看得更清楚，让我对细枝末节了解得更透彻，这样，我就会对生命的原质明白得更多，我的疑难就会消失……"

"后来呢?"

"后来，果然显微镜愈做愈好，我们能看清楚的东西愈来愈多，可是……"

"可是什么?"

"可是我并没有成为我自己所预期的'更明白生命真相的人'，糟糕的是比以前更不明白了，以前的显微镜倍数不够，有些东西根本没发现，所以不知道那里隐藏了另一段秘密，但现在，我看得愈细，知道得愈多，愈不明白了，原来在奥秘的后面还连着另一串奥秘……"

我看着他清癯渐消的颊和清灼明亮的眼睛，知道他是终于"认了"，半世纪以前，那意气风发的少年以为只要一架高倍数的显微镜，生命的秘密便迎刃而解，什么使他敢生出那番狂想呢？只因为年轻吧？只因为年轻吧？而退休后，在校园的行道树下看花开花谢的他终于低眉而笑，以近乎撒赖的口气说：

"没有办法啊，高倍数的显微镜也没有办法啊，在你想尽办法以为可以看到更多东西的时候，生命总还留下一段奥秘，是你想不通猜不透的……"

## 六 浪掷

开学的时候，我要他们把自己形容一下，因为我是他们的导师，想多知道他们一点。

大一的孩子，新从成功岭下来，从某一点上看来，也只像高四罢了，他们倒是很合作，一个一个把自己尽其所能地描述了一番。

等他们说完了，我忽然觉得惊讶不可置信，他们中间照我来看分成两类，有一类说"我从前爱玩，不太用功，从现在起，我想要好好读点书"，另一类说"我从前就只知道读书，从现在起，我要好好参加些社团，或者去郊游"。

奇怪的是，两者都有轻微的追悔和遗憾。

我于是想起一段三十多年前的旧事，那时流行一首电影插曲（大约是叫《渔光曲》吧），阿姨舅舅都热心播唱，我虽小，听到"月儿弯弯照九州"觉得是可以同意的，却对其中的另一句大为疑惑。

"舅舅，为什么要唱'小妹妹青春水里流（或"丢"？不记得了）'呢？"

"因为她是渔家女嘛，渔家女打鱼不能去上学，当然就浪费青春啦！"

我当时只知道自己心里立刻不服气起来，但因年纪太小，不会说理由，不知怎么吵，只好不说话，但心中那股不服倒也可怕，可以埋藏三十多年。

等读中学听到"春色恼人"，又不死心去问，春天这么好，为什么反而好到令人生恼？别人也答不上来，那讨厌的甚至眨眨狎邪的眼，暗示春天给人的恼和"性"有关。但事情一定不是这样的，一定另有一个道理，那道理我隐约知道，却说不出来。

更大以后，读《浮士德》，那些埋藏许久的问句都聚拢过来，我隐隐知道那里有一番解释了。

年老的浮士德，坐对满屋子自己做了一生的学问，在典籍册页的阴影中他乍一瞥见窗外的四月，歌声传来，是庆祝复活节的喧哗队伍。那一霎，他懊悔了，他觉得自己的一生都抛掷了，他以为只要再让他年轻一次，一切都会改观。中国元杂剧里老旦上场照例都要说一句"花有重开日，人无再少年"（说得淡然而确定，也不知看剧的人惊不惊动），而浮士德却以灵魂押注，换来第二度的少年以及"因少年才可能拥有的种种可能"。可怜的浮士德，学究天人，却不知道生命是一桩太好的东西，好到你无论选择什么方式度过，都像是一种浪费。

生命有如一枚神话世界里的珍珠，出于沙砾，归于沙砾，晶光莹润的只是中间这一段短短的幻象啊！然而，使我们颠之倒之甘之苦之的不正是这短短的一段吗？珍珠和生命还有另一个类同之处，那就是你倾家荡产去买一粒珍珠是可以的，但反过来你要拿珍珠换衣换食却是荒谬的，就连镶成珠坠挂在美人胸前也是无奈的，无非使两者合作一场"慢动作的人老珠黄"罢了。珍珠只是它圆灿含彩的自己，你只能束手无策地看着它，你只能欢喜或喟然——因为你及时赶上了它出于沙砾且必然还原为沙砾之间的这一段灿然。

而浮士德不知道——或者执意不知道，他要的是另一次"可能"，像一个不知是由于技术不好或是运气不好的赌徒，总以为只要再让他玩一盘，他准能翻本。三十多年前想跟舅舅辩的一句话我现在终于懂得该怎么说了：打鱼的女子如果算是浪掷青春的话，挑柴的女子岂不也是吗？读书的名义虽好听，而令人眼目为之昏眊，脊骨为之佝偻，还不该算是青春的虚掷吗？此外，一场刻骨的爱情就不算烟云过眼吗？一番功名利禄就不算滚滚尘埃吗？不是啊，青春太好，好到你无论怎么过都觉浪掷，回头一看，都要生悔。

"春色恼人"那句话现在也懂了，世上的事最不怕的应该就是"兵来有将可挡，水来以土能掩"，只要有对策就不怕对方出招。怕就怕在一个人正小小心心地和现实生活斗阵，打成平手之际，忽然阵外冒出一个叫宇宙大化的对手，他斜刺里杀出一记叫"春天"的绝招，身为人类的我们真是措手不及。对着排山倒海而来的桃红柳绿，对着蚀骨的花香，夺魂的阳光，生命的豪奢绝艳怎能不令我们张皇无措。当此之际，真是不做什么要懊悔，做了什么也要懊悔。春色之叫人气恼跺脚，就是气我们无招以对啊！

回头来想我导师班上的学生，聪明颖悟，却不免一半为自己的用功后悔，一半为自己的爱玩后悔——只因为年轻啊，只因太年轻啊！以为只要换一个方式，一切就扭转过来而无憾了。孩子们，不是啊，真的不是这样的！生命太完美，青春太完美，甚至连一场匆匆的春天都太完美，完美到像喜庆节日里一个孩子手上的气球，飞了会哭，破了会哭，就连一日日空瘪下去也是要令人哀哭的啊！

所以，年轻的孩子，连这么简单的道理你难道也看不出来吗？生命是一个大债主，我们怎么混都是他的积欠户。既然如此，干脆宽下心来，来个"债多不愁"吧！既然青春是一场"无论做什么都觉是浪掷"的憾事，那么，何不反过来想想，也几乎等于"无论诚恳地做了什么都不必言悔"，因为你或读书，或玩，或作战，或打鱼，恰恰好就是另一个人叹气说他遗憾没做成的。

然而，是这样的吗？不是这样的吗？在生命的面前我可以大发职业病做一个把别人都看作孩子的教师吗？抑或我仍然只是一个太年轻的蒙童，一个不信不服欲有所辩而又语焉不详的蒙童呢？

步下红毯之后

## 楔　子

　　妹妹被放下来，扶好，站在院子里的泥地
上，她的小脚肥肥白白的，站不稳。她大概才
一岁吧，我已经四岁了！

　　妈妈把菜刀拿出来，对准妹妹两脚中间那
块泥，认真而且用力地砍下去。

　　"做什么？"我大声问。

　　"小孩子不懂事！"妈妈很神秘地收好刀，
"外婆说的，这样小孩子才学得会走路，你小
时候我也给你砍过。"

"为什么要砍?"

"小孩子生出来,脚上都有脚镣锁着,所以不会走路,砍断了才走得成路。"

"我没有看见,"我不服气地说,"脚镣在哪里?"

"脚镣是有的,外婆说的,你看不见就是了!"

"现在断了没?"

"断了,现在砍断了,妹妹就要会走路了。"


妹妹后来当然是会走路了,而且,我渐渐长大,终于也知道妹妹会走路跟砍脚镣没有什么关系,但不知为什么,那遥远的画面竟那样清楚兀立,使我感动。

也许脚镣手铐是真有的,做人总得冲,总得顿破什么,反正不是我们壮硕自己去撑破镣铐,就是让那残忍的钢圈箍入我们的皮肉。

是暮春还是初夏也记不清了，我到文星出版社的楼上去，萧先生把一份契约书给我。

"很好，"他说，他看来高大、精细、能干，"读你的东西，让我想到小时候念的冰心和泰戈尔。"

我惊讶得快要跳起来，冰心和泰戈尔，这是我熟得要命、爱得要命的呀！他怎么会知道？我简直觉得是一份知遇之恩，《地毯的那一端》就这样卖断了，扣掉税我只拿到二千多元，但也不觉得吃了亏。

我兴冲冲地去找朋友调色样，我要了紫色，那时候我新婚，家里的布置全是紫色，窗帘是紫的，床罩是紫的，窗棂上的珊瑚藤是紫的，那紫色漫溢到书页上，一段似梦的岁月。那是个漂亮的阳光昼日，我送色样到出版社去，路上碰到三毛，她也是去送色样的，她是为男友舒凡的书调色，调的是草绿色，或说是酪梨绿，我也喜欢那颜色。那天下午的三毛真是美丽，因为心中有爱情，手中有颜色。我趋前谢谢她，因为不久前她为我画了一幅婚礼上的签名绸，画些绝美的牡丹。出书真是件兴奋的事，我们愉快地将生命中的一抹色彩交给了那即将问世的小册子。

"我们那时候一齐出书，"有一次康芸薇说，"文星宣传得好大呀，放大照都挂出来了。"

那事我倒忘了，经她一提，想想好像真有那么回事，并且是摄影家柯锡杰照的。奇怪的是我虽不怎么记得照片的事，却记得自己常常下了班，巴巴地跑到出版社楼上，请他们给我看新书发售的情形。

"谁的书比较好卖？"其实书已卖断，销路如何跟我已经没有关系。

"你的跟叶珊的。"店员翻册子给我看，叶珊就是后来的杨牧。

我拿过册子仔细看，想知道到底是叶珊卖得多，还是我——我说不出那是痴还是幼稚，那时候成天都为莫名其妙的事发急发愁，年轻大概就是那样。

那年十月，"幼狮文艺"的朱桥寄了一张庆典观礼券给我，我去了。丈夫也有一张票，我们的座位不同区，相约散会的时候在体育场门口见面。

我穿了一身洋红套装，那天的阳光辉丽，天空一片艳蓝，我的位置很好，"国军运动会"的表演很精彩，而丈夫，在场中的某个位子上，我们会后会相约而归，一切正完美晶莹，饱满无憾……

但是，忽然，我的泪水夺眶而出，我想起了南京……

不是地理上的南京，是诗里的，词里的，魂梦里的，母亲的乡音里的南京（母亲不是南京人，但在南京读中学），依稀记得那些名字，玄武湖、明孝陵、鸡鸣寺、夫子庙、秦淮河……

不，不要想那些名字，那不公平，中年人都不乡愁了，你才这么年轻，乡愁不该交给你来愁，你看表演吧，你是被邀请来看表演的，看吧！很好的位子呢！不要流泪，你没看见大家都好好的吗！你为什么流泪呢？你真的还太年轻，你身上穿的仍是做新娘子的嫁服，你是幸福的，你有你小小的家，每天黄昏，拉下紫幔等那人回来，生活里有小小的气恼，小小的得意，小小的凄伤和甜蜜，日子这样不就很好了吗？

不要碰"故国之思"，它太强，不要让三江五岳来撞击你，不要念赤县神州的名字，你受不了的，真的，日子过得很好，把泪逼回去，你不能开始，你不能开始，你不能开始，你一开始就不能收回……

我坐着，无效地告诫着自己，从金门来的火种在会场里点着了，赤膊的汉子在表演蛙人操，仪队的枪托冷凝如紫电，特别看台上面的大红柱子，直辣辣地逼到眼前来，我无法遏抑地想着中山陵，那仰向苍天的阶石，中国人的哭墙，我们何时才能将发烫的额头抵上那神圣的冰凉，我们将一步一稽额地登上雾锁云埋的最高巅……

会散了我挨蹭到门口，他在那里等我。我们一起回家。

"你怎么了？"走了好一段路，他忍不住问我。

"不，不要问我。"

"你不舒服吗？"

"没有。"

"那，"他着急起来，"是我惹了你?"

"没有，没有，都不是——你不要问我，求求你不要问我，一句话都不要跟我讲，至少今天别跟我讲……"

他诧异地望着我，惊奇中却有谅解，近午的阳光照在宽阔坦荡的敦化北路上。我们一言不发地回到那紫色小巢。

他真的没有再干扰我，我恍恍惚惚地开始整理自己，我渐渐明白有一些什么根深蒂固的东西一直潜藏在我自己也不甚知道的深渊之处，是淑女式的教育所不能掩盖的，是传统中文系的文字训诂和诗词歌赋所不能磨平的，那极蛮横极狂野极热极不可挡的什么，那种"欲饱史笔有脂髓，血作金汤骨做垒，凭将一腔热肝肠，烈作三江沸腾水"[1] 的情怀……

我想起极幼小的时候就和父亲别离，那时家里

_____

① 那是我自己的句子，不算诗，因为平仄不对。

有两把长刀，是抗战胜利时分到的，鲨鱼皮，古色古香，算是身无长物的父亲唯一贵重的东西，母亲带着我和更小的妹妹到台湾，父亲不走，只送我们到江边，他说：

"守土有责，我会熬到最后五分钟。——那把刀你带着，这把，我带着，他年能见面当然好，不然，总有一把会在。"

那样的情节，那样一句一钢钉的对话，竟然不是小说而是实情。

父亲最后翻云南边境的野人山而归，长刀丢了，唯一带回来的是劫后之身。

不是在圣人书里，不是在线装的教训里，我了解了家国之思，我了解了那份渴望上下拥抱五千年、纵横把臂八亿人的激情，它在那里，它一直在那里……

随便抓了一张纸，就在那空白的背面，用的是一支铅笔，我开始写《十月的阳光》：

那些气球都飘走了，总有好几百个罢？在透明的蓝空里浮泛着成堆的彩色，人们全都欢呼起来，仿佛自己也分沾了那份平步青云的幸运——事情总是这样的，轻的东西总能飘得高一点，而悲哀拽住我，有重量的物体总是注定要下沉的。

体育场很灿烂，闪耀着晚秋的阳光，礼炮沉沉地响着，这是十月，一九六六年的十月，武昌的故事远了。西风里悲壮的往事远了……

中山陵上的落叶已深，我们的手臂因渴望一个扫墓的动作而酸痛。

我忽然明白，写《地毯的那一端》的时代远了，我知道我更该写的是什么，闺阁是美丽的，但我有更重的剑要佩，更长的路要走。

《十月的阳光》后来得了奖，奖金一千元，之后我又得过许多奖，许多奖金、奖座、奖牌，领奖时又总有盛会，可是只有那一次，是我真正激动的一次，朱桥告诉我，评审委员读着，竟哭了。

我不能永远披着白纱，踏着花瓣，走向红毯尽处的他，当我们携手走下红毯，迎人而来的是风是雨，是风雨声中恻恻的哀鸣。

——但无论如何，我已举步上路。

## 回到家里

去年暑假，我不解事的小妹妹曾悄悄地问起母亲：

"那个小姐姐，她怎么还不回她台北的家呢?"

原来她把我当成客人了，以为我的家在台北。这也难怪，我离家读大学的时候，她才三岁，大概这种年龄的孩子，对于一个每年只在寒、暑假才回来的人，难免要产生"客人"的错觉吧!

这次，我又回来了，回来享受主人的权利，外加客人的尊敬。

三轮车在月光下慢慢地踏着，我也无意催他。在台北想找一个有如此雅兴的车夫，倒也不容易呢。我悠闲地坐在许多件行李中间，望着星空，望着远处的灯光，望着朦胧的夜景，感到一种近乎出世的快乐。

车子行在空旷的柏油路上，月光下那马路显得比平常宽了一倍。浓郁的稻香飘荡着，那醇厚的香气，就像有固着性似的，即使面对着一辆开过来的车子，也不会退却的。

风，有意无意地吹着。忽然，我感到某种极轻柔的东西吹落在我的颈项上，原来是一朵花儿。我认得它，这是从凤凰木上落下来的，那鲜红的花瓣，让人觉得任何树只要拼出血液来凝成这样一点的红色，便足以心力交瘁而死去了。但当我猛然抬首的当儿，却发现每棵树上竟都聚攒着千千万万片的花瓣，在月下闪着璀璨的光与色，这种气派绝不是人间的！我不禁痴痴地望着它们，夜风里不少花瓣都辞枝而落，于是，在我归去的路上便铺上一层豪华美丽的红色地毯了。

车子在一家长着大椿树的院落前面停了下来，我递给他十元，他只找了我五元就想走了；我不说什么，依旧站着不动，于是他又找了我一块钱，我才提着旅行袋走回去。我怎么会上当呢？这是我的家啊！

出来开门的是大妹，她正为大学联考在夜读，其余的人都睡了。我悄悄走入寝室，老三醒了，揉揉眼睛，说："呀，好漂亮！"便又迷迷糊糊地入梦了。我漂亮吗？我想这到底是回家了，只有在家里，每一个人才都是漂亮的，没有一个妹妹会认为自己的姐姐丑。我有一个朋友，她的妹妹竭力怂恿她，想让她去竞选"中国小姐"呢！

第二天我一醒来，柚子树的影子便在纱窗上跳动了，柚子树是我十分喜欢的，即使在不开花的时候，它也散布着一种清洁而芳香的气味。我推枕而起，看到柚子树上居然垂满了新结的柚子，那果实带着一身碧绿，藏在和它同色的叶子里。多么可佩的态度，当它还没有成熟的时候，它便谦逊地隐藏着，一直到它个体大了，果汁充盈了，才肯着上金色的衣服，把自己呈献出来。

这时，我忽然听到母亲的声音，她说：

"你去看看，是谁回来了。"

于是门开了，小妹妹跳了进来。

"啊，小姐姐，小姐姐！"她的小手便开始来拉我了，"起来吃早饭，我的凳子给你坐。"

"坐我的凳子，小姐姐！"不知什么时候，弟弟也来了，我原想多躺一会儿的，实在拗不过他们，只好坐了起来。

"谁要我坐他的凳子，就得给我一毛钱。"我说。

"我有一毛，你坐我的。"弟弟很兴奋地叫起来。

"等一下我有五毛了，你先坐我的，一会就给你。"

我奇怪这两个常在学校里因为成绩优异而得奖的孩子，今天竟连这个问题也搞不清楚了。天下哪有坐别人座位还要收费的道理？也许因为这是家吧，在家里，许多事和世界上的真理是不大相同的。

刚吃完饭，一部脚踏车倏然停在门前，立刻，地板上便响起一阵赛跑的脚步声。

"这是干什么的?"没有一个人理我,大家都向那个人跑去了。

于是我看到一马当先的小妹妹从那人手里夺过一份报纸,很得意地回来了,其余的人没有抢到,只好作退一步的要求:

"你看完给我吧!"

"再下来就是我。"

"然后是我。"

乱嚷了一阵,他们都回来了,小妹妹很神秘地走进来,一把将报纸塞在我手里。

"给你看,小姐姐。"

我很感动地望着她,原来她拼命似的去抢报,就是为我啊!以后每天,我便常常享受躺在床上看报的福气。一天早上,她又来了。在我耳旁说着"报纸"。我说:"你拿来吧!"她果真去拿了一包东西放在我枕旁,我坐起来,发现什么报纸也没有。

"你说的报纸呢?"

"我没有说报纸啊!"

"你说了的!"

"我不知道，没有报纸啊！"她傻傻地望着我。

"你刚才到底说什么？"

"那包'挤'。"她用一根肥肥的指头指着我枕旁的纸包，我打开来一看，是个热腾腾的包子。原来她把"子"说成"挤"了，要是在学校里，老师准会骂她的，但这里是家，她便没有受磨难的必要了，家里每一个人都原谅她，认为等她长大了，牙齿长好了，自然会说清楚的。

我们家里常有许多小客人，这或许是因为我们客厅中没有什么高级装潢的缘故，我们既没有什么古瓶、宫灯或是地毯之类的饰物，当然也就不在乎孩子们近乎野蛮的游戏了，假如别人家里是"高朋满座"的话，我们家里应该是"小朋满座"了。这些小孩每次看到我，总显得有几分畏惧，每当这种时候，我常想，我几乎等于一个客人了，但好心的弟弟每次总能替我解围。

"不要怕，她是我姐姐。"

"她是干什么的？"

"她上学，在台北，是上大学呢！"

"这样大还得上学吗?"

"你这人,"弟弟瞪了他两眼,"大学就是给大孩子上的,你知不知道,大学,你要晓得,那是大学,台北的大学。"

弟弟妹妹多,玩起游戏来是比较容易的。一天,我从客厅里走过,他们正在玩着"扮假家"的游戏,他们各人有一个家,家中各有几个洋娃娃充作孩子,弟弟扮一个医生,面前放着许多瓶瓶罐罐,聊以点缀他寂寞的门庭。我走过的时候他竭力叫住我,请我去看病。

"我没病!"说完我赶快跑了。

于是他又托腮长坐,当他一眼看到老三经过的时候,便跳上前去,一把捉住她。

"来,来,快来看病,今天半价。"

老三当然拼命挣扎,但不知从哪里钻出许多小鬼头,合力拉她,最后这健康的病人,终于坐在那个假医生的诊所里了,看她那一脸愁容,倒像是真的病了呢。做医生的用两条串好的橡皮筋,绑着一个酱油瓶盖,算是听诊器,然后又装模作样地摸了脉，便断定该打盐水针。所谓盐水针，上端是一个高高悬着的水瓶，插了一根空心的塑胶线，下面垂着一枚亮晶晶的大钉子，居然也能把水引出来。他的钉尖刚触到病人的胳臂，她就大声呼号起来，我以为是戳痛了，连忙跑去抢救，却听到她断断续续地说：

"不行，不行，呀，痒死我了。"

打完了针，医生又给她配了一服药，那药原来是一把拌了糖的番石榴片。世界上有这样可爱的药吗？我独自在外的时候，每次病了，总要吃些像毒物一样可怕的药。哦，若是在那时能有这样可爱的医生伴着我，我想，不用打针或吃番石榴片，我的病也会痊愈的。

回家以后，生活极其悠闲，除了读书睡觉外，便是在庭中散步。庭院中有好几棵树，其中最可爱的是杧果树，这是一种不以色取胜的水果，我喜欢它那种极香的气味。

住在宿舍的时候，每次在长廊上读书，往往看到后山上鲜红的莲雾。有一次，曹说："为什么那棵树不生得近一点呢?"事实上，生得近也不行啊，那是属于别人的东西，如果想吃，除了付钱就没有别的法子了。这个世界有太多的法律条文，把所有权划分得清楚极了，谁也不能碰谁的东西，只有在家里，在自己的家里，我才可以任意摘取，不会有人责备我的，我是个主人啊!

回家以后唯一遗憾的，是失去了许多谈得来的朋友，以前我们常在晚餐后促膝谈心的。那时我们的寝室里经常充满了笑声，我常喜欢称他们为我"亲爱的室民"，而如今，我所统治的"满室的快乐"都暂时分散了。前天，我为丹寄去一盒杜果，让她也能分享我家居的幸福。家，实在太像一只朴实无华而又饱含着甜汁的杜果呢!

我在等，我想不久她的回信就会来的，她必会告诉我，她家中许多平凡而又动人的故事。我真的这样相信：每个人，当他回到自己家里的时候，一定会为甜蜜和幸福所包围的。

Chapter2
## 一　朵

文明使人学会数目，但不是有些东西不能数也不必数的吗？我们为什么要庸俗到以『九百朵花一定比一朵花美丽』的程度呢？

# 我们是吸尘器

　　家里只剩一包生力面（一种行销台湾的速食面）了，哥哥和妹妹争着想吃。做父母的只有主持正义一人分半碗。

　　也许由于分量少，两个孩子把碗吃得干干净净，连汤汁都不剩一滴，吃完了哥哥揽着妹妹的手骄傲地来找我去检阅。

　　"你看，"他指着光溜的碗说，"我们是生力面的吸尘器。"

　　只要我们立志快乐，贫穷和缺乏也自有其情趣。所罗门王的箴言书中说："吃素菜，彼此相爱，强如吃肥牛彼此相恨。"

　　那一次共分的半包面，竟是他们吃得最舒畅的一次。

# 命　甜

儿子不知在哪里听说有"命苦"一词，立刻举一反一地想到了命甜，而且，兴冲冲地跑来找我。

"妈妈，我的命很甜!"

"什么?"

"命甜! 我有吃、有穿、有住、有行——"

"有行?"我大惑不解，我们家并没有车——连脚踏车也没有。

曾经有一段时间，我被买不买车的问题折腾得要命，但后来冷静一想，在巴士和的士如此方便的台北市其实并无买车的必要，省下的钱还可以襄助许多有意义的工作。

"是呀，有行——我不是有两双鞋吗?"

原来我的行是指车，他的行却是指鞋！他是对的，有上天所给的一双腿，有两双胶鞋，天下哪里不能去？鞋也可以是堂堂正正的行。

我第一次发现，我们都可以是命很甜很甜的。

# 一　朵

　　儿子诗诗两岁时，刚学会数数目，我带他到郊外去，刚好看到一大片蔓开在地上的红花。

　　"数数看，有几朵?"

　　地上的花成百上千，他却只会数到十，我猜想，他的答案一定是十。不料他却不假思索地快活地叫了起来：

　　"一朵!"

　　"什么? 几朵?"

　　"一朵!"

　　他肯定地说，态度毫不退让。

　　我忽然明白，他的确有权利说"一朵"，那些花虽然可以是八百也可以是九百，但事实上那些花只是一，只是某个灿开在夏日正午的，完整如一的美丽。

　　文明使人学会数目，但不是有些东西不能数也不必数的吗？我们为什么要庸俗到以"九百朵花一定比一朵花美丽"的程度呢？

## 我喜欢通通

　　小女孩要出去旅行，她把大大小小，新新旧旧的娃娃装满了一旅行袋。

　　"不行，"我说，"只准带你最喜欢的——你最喜欢哪一个？"

　　她把那一个个漂亮的，破烂的，昂价买来的，以及别的小朋友玩剩不要的全都检视了一番，忽然宣布说：

　　"我喜欢通通！"

　　"什么？你到底喜欢哪一个？"

　　"我喜欢通通。"她斩钉截铁地说。

　　美丑和价值是成人世界里的东西，但对一个小女孩而言，爱心可以无所不及。

　　我终于准许她背着她全部的爱去了。

# 娇女篇
## ——记小女儿

人世间的匹夫匹妇，一家一计的过日子人家，岂能有大张狂，大得意处？所有的也无非是一粥一饭的温馨，半丝半缕的知足，以及一家骨肉相依的感恩。

女儿的名字叫晴晴，是三十岁那年生的，强说愁的年龄过去了，渐渐喜欢平凡的晴空了。烟雨村路只宜在水墨画里，雨润烟浓只能嵌在宋词的韵律里，居家过日子，还是以响蓝的好天气为宜，女儿就叫了晴晴。

晴晴长到九岁，我们一家去恒春玩。恒春在屏东，屏东犹有我年老的爹娘守着，有桂花、有玉兰花以及海棠花的院落。过一阵子，我就回去一趟，回去无事，无非听爸爸对外孙说："哎哟，长得这么大了，这小孩，要是在街上碰见，我可不敢认哩！"

那一年，晴晴九岁，我们在佳洛水玩。我到票口去买票，两个孩子在一旁等着，做父亲的一向只顾拨弄他自以为得意的照相机。就在这时候，忽然飞来一只蝴蝶，轻轻巧巧就闯了关，直接飞到闸门里面去了。

"妈妈！妈妈！你快看，那只蝴蝶不买票，它就这样飞进去了！"

我一惊，不得了，这小女孩出口成诗哩！

"快点，快点，你现在讲的话就是诗，快点记下来，我们去投稿。"

她惊奇地看着我，不太肯相信：

"真的?"

"真的。"

诗是一种情缘，该碰上的时候就会碰上，一花一叶，一蝶一浪，都可以轻启某一扇神秘的门。

她当时就抓起笔，写下这样的句子：

我们到佳洛水去玩，

进公园要买票，

大人十块钱，

小孩五块钱，

但是在收票口，

我们却看到一只蝴蝶，

什么票都没有买，

就大模大样地飞进去了。

哼！真不公平！


"这真的是诗哇?"她写好了，仍不太相信。直到九月底，那首诗登在报上的"小诗人王国"上，她终于相信那是一首诗了。

及至寒假，她快十岁了，有天早上，她接到一通电话，接到电话以后她又急着要去邻居家。这件事并不奇怪，怪的是她从邻家回来以后，宣布说邻家玩伴的大姐姐，现在做了某某电视公司儿童节目的助理。那位姐姐要她去找些小朋友来上节目，最好是能歌善舞的。我和她父亲一时目瞪口呆，这小孩什么时候竟被人聘去做"小小制作人"了？更怪的是她居然一副身膺重命的样子，立刻开始筹划，她的程序如下：

一、先拟好一份同学名单，一一打电话。

二、电话里先找同学的爸爸妈妈，问曰："我要带你的女儿（儿子）去上电视节目，你同不同意？"

三、父母如果同意，再征求同学本人同意。

四、同学同意了，再问他有没有弟弟妹妹可以一起带来？

五、人员齐备了，要他们先到某面包店门口集合，因为那地方目标大，好找。

六、她自己比别人早十五分钟到达集

合地。

　　七、等齐了人，再把他们列队带到我们家来排演，当然啦，导演是由她自己荣任的。

　　八、约定第二、三次排练时间。

　　九、带她们到电视台录影，圆满结束，各领一个弹弹球为奖品回家。


　　那几天，我们亦惊亦喜，她什么时候长得如此大了，办起事来俨然有大将之风，想起"屋顶上的提琴手"里婚礼上的歌词：


　　　　这就是我带大的小女孩吗？
　　　　这就是那戏耍的小男孩？
　　　　什么时候他们竟长大了？
　　　　什么时候呀？他们……


　　想着，想着，万感交集，一时也说不清悲喜。

　　又有一次，是夜晚，我正在跟她到香港小留的父亲写信，她拿着一本地理书来问我：

"妈妈，世界上有没有一条三寸长的溪流？"

小孩的思想真令人惊奇，大概出于不服气吧？为什么书上老是要人背最长的河流、最深的海沟，最高的主峰以及最大的沙漠，为什么没有人理会最短的河流呢？那件事后来也变成了一首诗：

我问妈妈：

"天下有没有三寸长的溪流？"

妈妈正在给爸爸写信，

她抬起头来说：

"有——

就是眼泪在脸上流。"

我说："不对，不对——溪流的水应该是淡水。"

初冬的晚上，两个孩子都睡了，我收拾他们做完功课的桌子，竟发现一张小小的宣传单，一看之下，不禁大笑起来。后生毕竟是如此可畏，忙叫她父亲来看，这份宣传单内容如下：

你想学打毛线吗？教你钩帽子、围巾、小背心。一个钟头才二元喔！（毛线自备或交钱买随意）。

　　时间：一至六早上，日下午。

　　寒假开始。

　　需者向林质心登记。


　　这种传单她写了许多份，看样子是广作宣传用的，我们一方面惊讶她的企业精神，一方面也为她的大胆吃惊。她哪里会钩背心，只不过背后有个奶奶，到时候现炒现卖，想来也要令人捏冷汗。这个补习班后来没有办成，现代小女生不爱钩毛线，她也只有自叹无人来续绝学。据她自己说，她这个班是"服务"性质，一小时二元是象征性的学费，因为她是打算"个别敬授"的。这点约略可信，因为她如果真想赚钱，背一首绝句我付她四元，一首律诗是八元，余价类推。这样稳当的"背诗薪水"她不拿，却偏要去"创业"，唉！

女儿用钱极省，不像哥哥，几百块的邮票一套套的买。她唯一的嗜好是捐款，压岁钱全被她成百成千的捐掉了，每想劝她几句，但劝孩子少作捐款，总说不出口，只好由她。

女儿长得高大红润，在班上是体型方面的头号人物，自命为全班女生的保护人。有哪位男生敢欺负女生，她只要走上前去瞪一眼，那位男生便有泰山压顶之惧。她倒不出手打人，并且一本正经地说：

"我们空手道老师说的，我们不能出手打人，会打得人家受不了的。"

俨然一副名门大派的高手之风，其实，也不过是个"白带级"的小侠女而已。

她一度官拜文化部长，负责一个"图书柜"，成天累得不成人形，因为要为一柜子的书编号，并且负责敦促大家好好读书，又要记得催人还书，以及要求大家按号码放书……

后来她又受命做卫生排长，才发现指挥人扫地擦桌原来也是那么复杂难缠，人人都嫌自己的工作重，她气得要命。有一天我看到饭桌上一包牛奶糖，很觉惊奇，她向来不喜甜食的。她看我挪动她的糖，急得大叫：

"妈妈，别动我的糖呀！那是我自己的钱买的呀！"

"你买糖干什么？"

"买给他们吃的呀，你以为带人好带啊？这是我想了好久才想出来的办法呀！哪一个好好打扫，我就请他吃糖。"

快月考了，桌上又是一包糖。

"这是买给我学生的奖品。"

"你的学生？"

"是呀，老师叫我做××的小老师。"

××的家庭很复杂，那小女孩从小便有种种花招，女儿却对她有百般的耐心，每到考期女儿自己不读书，却累得上气不接下气地教她。

"我跟她说，如果数学考四十五分以上就有一块糖，五十分二块，六十分三块，七十分四块，……"

"什么？四十五分也有奖品?"

"啊哟，你不知道，她什么都不会，能考四十分，我就高兴死啦!"

那次月考，她的高足考了二十多分，她仍然赏了糖，她说：

"也算很难得啰!"


我正在聚精会神地看一本书，她走到我面前来：

"我最讨厌人家说我是好学生了!"

我本来不想多理她，只喔了一声，转而想想，不对，我放下书，在灯下看她水蜜桃似的有着细小茸毛的粉脸：

"让我想想，你为什么不喜欢人家叫你'好学生'，哦！我知道了，其实你愿意做好学生的，但是你不喜欢别人强调你是'好学生'，因为有'好学生'，就表示另外有'坏学生'，对不对？可是那些'坏学生'其实并不坏，他们只是功课不好罢了，你不喜欢人家把学生分成两种，你不喜欢在同一个班上有这样的歧视，对不对?"

"答对了!"她脸上掠过被了解的惊喜，以及好心意被窥知的羞赧，语音未落，人已跑跑跳跳到数丈以外去了，毕竟，她仍是个孩子啊!


那天，我正在打长途电话，她匆匆递给我一首诗:

"我在作文课上随便写的啦!"

我停下话题，对女伴说:

"我女儿刚送来一首诗，我念给你听，题目是'妈妈的手':

　　婴孩时——

　　妈妈的手是冲牛奶的健将，

　　我总喊:"奶，奶。"

　　少年时——

　　妈妈的手是制便当的巧手，

　　我总喊:"妈，中午的饭盒带什么?"

　　青年时——

妈妈的手是找东西的魔术师，

我总喊："妈，我东西不见啦！"

新娘时

妈妈的手是奇妙的化妆师，

我总喊："妈，帮我搽口红。"

中年时——

妈妈的手是轻松的手，

我总喊："妈，您不要太累了！"

老年时——

妈妈的手是我思想的对象，

我总喊："谢谢妈妈那双大而平凡的手。"

然后，我的手也将成为另一个孩子思想的

对象。


念着念着，只觉哽咽，母女一场，因缘也只在
五十年内吧！其间并无可以书之于史，勒之于铭的
大事，只是细细琐琐的俗事俗务。但是，俗事也是
可以入诗的，俗务也是可以萦人心胸，久而芬
芳的。

世路险巇，人生实难，安家置产，也无非等于衔草于老树之巅，结巢于风雨之际。如果真有可得意的，大概止于看见小儿女的成长如小雏鸟张目振翅，渐渐地能跟我们一起盘桓上下，并且渐渐地既能出入青云，亦能纵身人世。所谓得意事，大约如此吧！

头去听鸟声的时候，我就会想起自己心底的那篇文字：

我们要为我们的小男孩寻找一位生物老师。

他七岁，对万物的神奇兴奋到发昏的程度，他一直想知道，这一切"为什么是这样的"？

我们想为他找的不单是一位授课的老师，也是一位启示他生命的奇奥和繁富的人。

他不是天才，他只是一个好奇而且喜欢早点知道答案的孩子。我们尊重他的好奇，珍惜他兴奋易感的心，我们不是富有的家庭，但我们愿意好好为他请一位老师，告诉他花如何开？果如何结？蜜蜂如何住在六角形的屋子里？蚯蚓如何在泥土中走路吃饭……他只有一度童年，我们急于让他早点享受到"知道"的权利。

有的时候，也请带他到山上到树下去上

课，他喜欢知道蕨类怎样成长，杜鹃怎样红遍山头，以及小蜥蜴如何藏身在草丛里的奇观……

有谁愿意做我们小男孩的生物老师？

小男孩后来读了两年生物，获益无穷，而这篇在心底重复无数遍的"征求老师"的腹稿却只供我自己回忆。

# 寻人启事

我坐在餐桌上修改自己的一篇儿童诗稿，夜渐渐深了。

男孩房里的灯仍亮着，他在准备那些考不完的试。

我说：

"喂，你来，我有一篇诗要给你看！"

他走过来，把诗拿起来，慢慢看完，那首诗是这样写的：

寻人启事

妈妈在客厅贴起一张大红纸

上面写着黑黑的几行字：

兹有小男孩一名不知何时走失

谁把他拾去了啊，仁人君子

他身穿小小的蓝色水手服

他睡觉以前一定要念故事

他重得像铅球又快活得像天使

满街去指认金龟车是他的专职

当电扇修理匠是他的大志

他把刚出生的妹妹看了又看露出诡笑：

"妈妈呀，如果你要亲她就只准亲她的

牙齿。"

那个小男孩到哪里去了，谁肯给我明示？

听说有位名叫时间的老人把他带了去

却换给我一个初中的少年比妈妈还高

正坐在那里愁眉苦脸的背历史

那昔日的小男孩啊不知何时走失

谁把他带还给我啊，仁人君子。


看完了，他放下，一言不发地回房去了。第二
天，我问他：

"你读那首诗怎么不发表一点高见?"

"我读了很难过,所以不想说话……"

我茫然走出他的房间,心中怅怅,小男孩已成大男孩,他必须有所忍受,有所承载,我所熟知的一度握在我手里的那一双小手有如飞鸟,在翩飞中消失了。

仅仅只在不久以前,他不是还牵着妹妹的手,两人诡秘地站在我的书房门口吗?他们同声用排练好的做作的广告腔说:


好立克大王

张晓风女士

请你出来

为你的儿子女儿冲一杯好立克


这样的把戏玩了又玩,一杯杯香浓的饮料喝了又喝。童年,繁华喧天的岁月,就如此跫音渐远。

有一次,在朋友的墙上看到一幅英文格言:

"今天,是你生命余年中的第一日。"

我看了，立即不服气。

"不是的，"我说，"对我来讲，今天，是我有生之年的最后一天。"

最后一天，来不及的爱，来不及的飞扬，来不及的期许，来不及的珍惜和低回。

容我好好爱宠我的孩子，在今天，毕竟，在永世永劫的无穷岁月里，今天，仍是他们今后一生一世里最最幼小的一天啊！

# Chapter3
## 不朽的失眠

感谢上苍，如果没有落第的张继，诗的历史上便少了一首好诗，我们的某一种心情，就没有人来为我们一语道破。

# 春日二则

## 美丽的计时单位

> 唐宫中，以女工揆日之长短，冬至后，日
> 晷渐长，比常日增一线之工。
>
> ——《唐杂录》
>
> 何人却忆穷愁日，日日愁随一线长。
>
> ——杜甫《至日遣兴》

如果要计算白昼，以什么为单位呢？如果我们以"水银柱上升一毫米"来计大气压，以"四摄氏度时一立方分米"纯水之重为一公斤来计重量，那么，拿什么来数算光耀如银的白昼呢？

唐代宫中的女子曾发明了一个方法，她们用线来数算。冬至以后，白昼一天比一天长，做女红的女子便每日多加一根线。

　　想花腾日暄之际，多少素手对着永昼而怔怔，每扎下一针脚，都是无亿量劫中的一个刹那啊！每悠然一引线，岂不也是生生世世情长意牵中的一段完成吗？长安城里的丽人绣罢蜡梅绣牡丹，直绣到"一一风荷举"。山乡水郭的妇人或工于织缣或工于织素，直织到"经冬复历春"。中国的女子把一缕缕柔长的丝线来作为量度白昼的单位，多美丽的计时单位啊！

　　中国的男人也有类似的痴心，歌谣里男子急急地唱道：

　　"拴住太阳好干活啊！"

　　唱歌的人想必是看着未插完的秧田或割不完的大麦而急得不讲理起来的吧？疯狂的庄稼汉竟是蛮不知累的，累倒的反是太阳，它竟想先收工了。拴住它啊！别让那偷懒的小坏蛋跑了。但是拴太阳要拿什么来拴呢？总不是闺阁中的绣线吧。想来该是牵牛的粗绳了。

想迟迟春日，或陌上或栏畔，多少中国女子的手用一根根日渐加多的线系住明亮的昼光，多少男子的手用长绳甩套西天的沉红，套住系住以后干什么？也没有干什么，纯朴的人并无意再耽溺一番"如花美眷，似水流年"的自怜自惜，他们只是简单地想再多做一点工作，再留下一点点痕迹。

　　至于我呢，我是一个喜欢单位的女子——没有单位，数学就不存在了，我愿以脚为单位去丈量茫茫大地（《说文》：六尺为步，步百为亩。秦改二百四十步为亩），我愿以手为单位去计度咫尺天涯（《说文》：咫八寸，尺十寸。咫指中等身高妇人之手长），我也愿以一截一截的丝线去数算明亮的春昼，原来数学上的单位也可以是这样美丽的。

　　留憾的是：不知愁山以何物计其净重，恨海以何器量其容积，江南垂柳绿的程度如何刻表，洛阳牡丹浓红的数据如何书明。欲望有其标高吗？绝情有其硬度吗？酒可以计其酒精比，但愁醉呢？灼伤在皮肤医学上可以分度，但悲烈呢？地震有级，而一颗心所受的摧折呢？唉！数学毕竟有所不及啊！

# 何谓春天？

那故事是真的，爸爸说给我听的。

那时候，中日战争已经打起来了，政府迁到汉口，是一九三八年左右吧？蒋先生在南岳衡山召开一个大会，讨论许多事情，其中军医署也来了，会上决定令军医署的人立刻着手准备明年春季的医疗。

会后，公文一层层转下去，不知怎的，竟转到一位死心眼的朋友手上，他反问了一句：

"春天？请问何谓春天？"

问得好！他的主管一时也愣住了，的确，如果连春天都解释不出来，又怎能克日计时完成春季医疗准备？于是一纸公文，带着这不知该算正经还是该算逗趣的问句，一关关旅行，公文直走了七关，终于收集了许多学者专家的"春天之定义"，其中劳动了"军政部""军委会""国民政府""科学研究院"等一个个正襟危坐的机关，得到如下不同的答案：

解释之一说：应该指阴历正、二、三月。

解释之二说：应该从立春日算起。

解释之三说：应指阳历一、二、三月。

解释之四说：应指阳历二、三、四月。

解释之五说：从天文学上行星位置来看。

解释之六说：从地理学上平均温度来看。

解释之七说：应该可以参照西洋对于 spring 的说法。

…………

那事后来不知如何了结的，想想，原来公文往返之际也有如此动人的事。遥想那时我尚未出生，战争正进行，血流正殷，五岳正枯坐相望，南岳衡山的一番风云盛会之后竟惹出了这么淡淡的一句反问，算来，也该是万里烽烟中的一纶琴音，在四方杀伐声中的一句柔美的唠叨。

然而，对始于犹豫而终于逃遁的春天该如何定义？我一直还没有找到。

# 诗　课

花开花落僧贫富

云去云来客往还


各位同学：

　　黑板上写的一副郑板桥的对子，是他为一所寺庙题的。可是这副对子是什么意思呢？谁能回答我？好，这个同学，你说：

　　"花开了，花落了，僧人有时候有钱，有时候又穷了。云来了，云去了，客人有时候来，有时候又走了。"

　　你们大家想，这样的解释对不对呢，还有没有人有别的意见？好，你说：

"花开花落是无常的，正如僧人时贫时富。云来云往也不一定，就像客人来去无凭。"

这样算不算解释了这副对联？不，这副联还没有解出来。其实，中国韵文的句子因为短，有时候不免很简略，简略到一般人不容易看懂的地步。下面我稍微提示一下，相信你们就会懂。这句子应该这样说：

　　住在寺中的僧人啊
　　也有他暴富和赤贫的时候
　　每季花开，他简直富裕得像暴发户
　　但是花一萎谢，他又一无所有了
　　至于他的交游对象呢
　　喔，他倒是有一群叫云的好朋友呢
　　云来云去也就是好友的一番酬酢应
对了

从句法上来说，如果我们把原句再加一两个字，变成像散文一样，就很容易明白了：

花开花落乃是僧之贫富，云去云来可谓客之往还。

但是诗句宜简洁，只能靠自己去体会，不能像散文说得那么清楚。

可是说到这里，郑板桥的句子是不是十分清楚了呢？还不然。如果真要懂得这个句子，还应该对古人其他的诗文稍稍了解一些才好。事实上，把云雾和山僧野叟写在一起，是中国诗人非常喜欢的做法；至于把花跟钱联想到一起，也是中国诗人非常雅致的尝试。例如宋朝诗人杨万里就有一首题为《戏笔》的诗：

野菊荒苔各铸钱

金黄铜绿两争妍

天公支予穷诗客

只买清愁不买田

多么可爱的一首小诗，翻成现代诗也挺不错：


秋天来了

野菊花和青苔各自开起铸币厂来啦

野菊负责铸艳黄色的金币

青苔制造的却是生了绿锈的铜币

大把的铜币和金币就如此撒满了秋原，彼

此竞艳啊

这种钱是上帝送给穷诗人的

但拥有这堆钱币的诗人买到了什么呢

他只买到秋来的清愁

而不曾买到房地产

另外元曲里"又不颠，又不仙，拾得榆钱当酒钱"的句子也饶有趣味。榆钱其实是榆树的种子，春天里会"舞困榆钱自落"。在北方，春荒的时候，穷人把榆钱拌些面粉蒸来吃。由于它圆圆的，的确像钱币，所以人人都叫它"榆钱"。刚才那首散曲说得很动人：

如果我疯癫了

那么当然可以拿榆钱付酒钱

如果我成了仙了

一点指之间榆钱自可化金币

但现在我是个常人

居然也糊里糊涂从口袋里掏出一枚榆钱

自以为是钱币就要去付酒钱了呢


这样看来，把花木和钱联想在一起，倒也是个很有渊源、很有来历的想法呢！

至于云呢，由于中国山区地带湿度比较大，所以中国的山景在情境上和欧洲的山景是不同的。

瑞士的山景，由于气候晴爽，线条刚烈清晰，中国的山却是云来雾往、烟锁岚封的。

国画里的山每每在虚无缥缈间躲迷藏，如果你游过这样的山，如果你看过这样的国画，再来了解郑板桥的句子，就一点儿也不难了。

唐诗中"松下问童子，言师采药去。只在此山中，云深不知处"应该是大家所熟悉的。另外还有一首唐代僧人所写的七绝，应该更能表达这种情感：

> 万松岭上一间屋
> 老僧半间云半间
> 三更云去做行雨
> 回头方羡老僧闲

这首诗真不得了，老僧和云之间简直成了 Roommate（指同租一间房的"室友"）了。中国诗里一向把人云的关系写得很亲密。

了解这一点，郑板桥的联句虽然别致新鲜，倒也非常隶属传统的诗情。

解释一个联句，我们竟花了半小时。其实，我说得还不够多，应该还要再说它的平仄声调才对。花一小时讲两句对联绝不过分，但是今天到此为止。我只希望你们了解，小小的一句诗也是包藏着层层诗心的啊！不要轻易忽略过去，好好地读一遍读两遍读三遍，慢慢体会它，它会报偿你，向你展示它繁复多叠的美丽。

后记：这是我的一堂演讲的记录稿，由于敝帚自珍的心情而保留下来。

# 不朽的失眠
## ——写给没考好的考生

　　他落榜了！一千二百年前。榜纸那么大那么长，然而，就是没有他的名字。啊！竟单单容不下他的名字"张继"那两个字。

　　考中的人，姓名一笔一画写在榜单上，天下皆知。奇怪的是，在他的感觉里，考不上，才更是天下皆知，这件事，令他羞惭沮丧。

　　离开京城吧！议好了价，他踏上小舟。本来预期的情节不是这样的，本来也许有插花游街、马蹄轻疾的风流，有衣锦还乡袍笏加身的荣耀。然而，寒窗十年，虽有他的悬梁刺股，琼林宴上，却并没有他的一角席次。

船行似风。

江枫如火，在岸上举着冷冷的燔焰。这天黄昏，船，来到了苏州。但，这美丽的古城，对张继而言，也无非是另一个触动愁情的地方。

如果说白天有什么该做的事，对一个读书人而言，就是读书吧！夜晚呢？夜晚该睡觉，以便养足精神第二天再读。然而，今夜是一个忧伤的夜晚。今夜，在异乡，在江畔，在秋冷雁高的季节，容许一个落魄的士子放肆他的忧伤。江水，可以无限度地收纳古往今来一切不顺遂之人的泪水。

这样的夜晚，残酷地坐着，亲自听自己的心正被什么东西啮食而一分一分消失的声音。并且眼睁睁地看自己的生命如劲风中的残灯，所有的力气都花在抗拒，油快尽了，微火每一刹那都可能熄灭。然而，可恨的是，终其一生，它都不曾华美灿烂过啊！

江水睡了，船睡了，船家睡了，岸上的人也睡了。唯有他，张继，醒着，夜愈深，愈清醒，清醒如败叶落余的枯树，似梁燕飞去的空巢。

起先，是睡眠排拒了他（也罢，这半生，不是处处都遭排拒吗?），而后，是他在赌气，好，无眠就无眠，长夜独醒，就干脆彻底来为自己验伤，有何不可?

　　月亮西斜了，一副意兴阑珊的样子。有鸟啼，粗嘎嘶哑，是乌鸦。那月亮被它一声声叫得更暗淡了。江岸上，想已霜结千草。夜空里，星子亦如清霜，一粒粒冷艳凄绝。

　　在须角在眉梢，他感觉，似乎也森然生凉，那阴阴不怀好意的凉气啊，正等待凝成早秋的霜花，来贴缀他惨绿少年的容颜。

　　江上渔火二三，他们在干什么? 在捕鱼吧? 或者，虾? 他们也会有撒空网的时候吗? 世路艰辛啊! 即使潇洒的捕鱼人，也不免投身在风波里吧?

　　然而，能辛苦工作，也是一种幸福呢! 今夜，月自光其光，霜自冷其冷，安心的人在安眠，工作的人去工作。只有我张继，是天不管地不收的一个，是既没有权利去工作，也没福气去睡眠的一个……

钟声响了，这奇怪的深夜的寒山寺钟声。一般寺庙，都是暮鼓晨钟，寒山寺却敲"夜半钟"，用以警世。钟声贴着水面传来，在别人，那声音只是睡梦中模糊的衬底音乐。在他，却一记一记都撞击在心坎上，正中要害。钟声那么美丽，但钟自己到底是痛还是不痛呢？

　　既然无眠，他推枕而起，摸黑写下"枫桥夜泊"四字。然后，就把其余二十八个字照抄下来。我说"照抄"，是因为那二十八个字在他心底已像白墙上的黑字一样分明凸显：

　　　　月落乌啼霜满天，
　　　　江枫渔火对愁眠。
　　　　姑苏城外寒山寺，
　　　　夜半钟声到客船。

　　感谢上苍，如果没有落第的张继，诗的历史上便少了一首好诗，我们的某一种心情，就没有人来为我们一语道破。

一千二百年过去了，那张长长的榜单上（就是张继挤不进去的那纸金榜）曾经出现过的状元是谁？哈！谁管他是谁？真正被记得的名字是"落第者张继"。有人会记得那一届状元披红游街的盛景吗？不！我们只记得秋夜的客船上那个失意的人，以及他那场不朽的失眠。

# 画　晴

落了许久的雨，天忽然晴了。心理上就觉得似乎捡回了一批失落的财宝，天的蓝宝石和山的绿翡翠在一夜之间又重现在晨窗中了。阳光倾注在山谷中，如同一盅稀薄的葡萄汁。

我起来，走下台阶，独自微笑着，欢喜着。四下一个人也没有，我就觉得自己也没有了。天地间只有一团喜悦、一腔温柔、一片勃勃然的生气。我走向田畦，就以为自己是一株恬然的菜花。我举袂迎风，就觉得自己是一缕宛转的气流。我抬头望天，却又把自己误为明灿的阳光。我的心从来没有这样宽广过，恍惚中忆起一节经文："上帝叫日头照好人，也照歹人。"我第一次那样深切地体会到造物的深心，我就忽然热爱起一切有生命和无生命的东西来了。我那样渴切地想对每一个人说声早安。

不知怎的，忽然想起住在郊外的陈，就觉得非去拜访她不可，人在这种日子里真不该再有所安排和计划的。在这种阳光中如果不带有几分醉意，凡事随兴而行，就显得太不调和了。

转了好几班车，来到一条曲折的黄泥路。天晴了，路刚晒干，温温软软的，让人感觉到大地的脉搏。一路走着，不觉到了，我站在竹篱面前，连吠门的小狗也没有一只。门上斜挂了一把小铃，我独自摇了半天，猜想大概是没人了。低头细看，才发现一个极小的铜锁——她也出去了。

我又站了许久，不知道自己该往哪里去。想要留个纸条，却又说不出所以造访的目的。其实我并不那么渴望见她的。我只想消磨一个极好的太阳天，只想到乡村里去看看五谷六畜怎样欣赏这个日子。

抬头望去，远处禾场很空阔，几垛稻草疏疏落落地散布着，颇有些仿古制作的意味。我信步徐行，发现自己正走向一片广场，黄绿不匀的草在我脚下伸展着，奇怪的大石在草丛中散置着。我选了一块比较光滑的斜靠而坐，就觉得身下垫的和身上盖的都是灼热的阳光。我陶然了许久，定神环望，才发现这景致简单得不可置信——一片草场，几块乱石。远处唯有天草相黏，近处只有好风如水。没有任何名花异草，没有任何仕女云集。但我为什么这样痴骏地坐着呢？我是被什么吸引着呢？

我悠然地望着天，我的心就恍然回到往古的年代，那时候必然也是一个久雨后的晴天，一个村野之人，在耕作之余，到禾场上去晒太阳。他的小狗在他的身旁打着滚，弄得一身是草，他酣然地躺着，傻傻地笑着，觉得没有人经历过这样的幸福。于是，他兴奋起来，喘着气去叩王室的门，要把这宗秘密公布出来。他万没有想到所有听见的人都掩袖窃笑，从此把他当作一个典故来打趣。

他有什么错呢？因为他发现的真理太简单吗？但经过这样多个世纪，他所体味的幸福仍然不是坐在暖气机边的人所能了解的。如果我们肯早日离开阴深黑暗的蛰居，回到热热亮亮的光中，那该多美呢！

头顶上有一棵不知名的树，叶子不多，却都很青翠，太阳的影像从树叶的微隙中筛了下来。暖风过处满地团团的日影都欣然起舞。唉，这样温柔的阳光，对于庸碌的人而言，一生之中又能几遇呢？

坐在这样的树下，又使我想起自己平日对人品的观察。我常常觉得自己的浮躁和浅薄就像"夏日之日"，常使人厌恶、回避。于是在深心之中，总不免暗暗地向往着一个境界——"冬日之日"。那是光明的，却毫不刺眼。是暖热的，却不至灼人。什么时候我才能那样含蕴，那样温柔敦厚而又那样深沉呢？"如果你要我成为光，求你让我成为这样的光。"我不禁用全心灵祷求，"不是独步中天，造成气焰和光芒。而是透过灰冷的天空，用一腔热忱去温柔一切僵坐在阴湿中的人。"

渐近日午，光线更明朗了，一切景物的色调开始变得浓重。记得尝读过段成式的作品，独爱其中一句："坐对当窗木，看移三面阴。"想不到我也有缘领略这种静趣。其实我所欣赏的，前人已经欣赏了。我所感受的，前人也已经感受了。但是，为什么这些经历依旧是这么深，这么新鲜呢？

身旁有一袋点心，是我顺手买来、打算送给陈的。现在却成了我的午餐。一个人，在无垠的草场上，咀嚼着简单的干粮，倒也是十分有趣。在这种景色里，不觉其饿，却也不觉其饱。吃东西只是一种情趣，一种艺术。

我原来是带了一本词集子的，却一直没打开，总觉得直接观赏情景，比间接的观赏要深刻得多。饭后有些倦了，才顺手翻它几页。不觉沉然欲睡，手里还拿着书，人已经恍然踏入另一个境界。

等到醒来，发现几只黑色瘦胫的羊，正慢慢地啃着草，远远的有一个孩子跷脚躺着，悠然地嚼着一根长长的青草。我抛书而起，在草场上迂回漫步。难得这么静的下午，我的脚步声和羊群的啃草声都清晰可闻。回头再看看那曲臂为枕的孩子，不觉有点羡慕他那种"富贵于我如浮云"的风度了。

几只羊依旧低头择草，恍惚间只让我觉得它们咀嚼的不只是草，而是冬天里半发的绿意，以及荒场上无边无际的阳光。

日影稍稍西斜了，光辉却仍旧不减，在一天之中，我往往偏爱这一刻。我知道有人歌颂朝云，有人爱恋晚霞。至于耀眼的日升和幽邃的黑夜，都惯受人们的钟爱。唯有这样平凡的下午，没有一点彩色和光芒的时刻，常常会被人遗忘。但我却不能自禁地喜爱并且瞻仰这份宁静、恬淡和收敛。我回到自己的位置坐下，茫茫草原，就只交付我和那看羊的孩子吗？叫我们如何消受得完呢？

偶抬头，只见微云掠空，斜斜地排着。像一首短诗，像一阕不规则的小令。看着看着，就忍不住发出许多奇想。记得元曲中有一段述说一个人不能写信的理由："不是无才思，绕清江，买不得天样纸。"而现在，天空的蓝笺已平铺在我头上，我却又苦于没有云样的笔。其实即使有笔如云，也不过随写随抹，何尝尽责描绘造物之奇。至于和风动草，大概本来也想低吟几句云的作品。只是云彩总爱反复地更改着，叫风声无从传布。如果有人学会云的速记，把天上的文章流传几篇到人间，却又该多么好呢。

正在痴想之间，发现不但云朵的形状变幻着，连它的颜色也奇异地转换了。半天朱霞，粲然如焚，映着草地也有三分红意了。不仔细分辨，就像莽原尽处烧着一片野火似的。牧羊的孩子不知何时已把他的羊聚拢了。村里炊烟袅升，他也就隐向一片暮霭中去了。

我站起身来，摸摸石头还有一些余温，而空气中却沁进几分凉意了。有一群孩子走过，每人抱着一怀枯枝干草。忽然见到我就都停下来，互相低语着。

"她真有点奇怪，不是吗？"

"我们这里从来没有人来远足的。"

"我知道，"有一个较老成的孩子说，"他们有的人喜欢到这里来画图的。"

"可是，我没有看见她的纸和她的水彩呀！"

"她一定画好了，藏起来了。"

得到满意的结论以后，他们又作一行归去了。远处有疏疏密密的竹林，掩映一角红墙，我望着他们各自走入他们的家，心中不禁怃然若失。想起城市的街道，想起两侧壁立的大厦，人行其间，抬头只见一线天色，真仿佛置身于死荫的幽谷了。而这里，在这不知名的原野中，却是遍地泛滥着阳光。人生际遇不同，相去多么远啊！

　　我转身离去，落日在我身后画着红艳的圆。而远处昏黄的灯光也同时在我面前亮起。那种壮丽和寒伧成为极强烈的对照。

　　遥遥地看到陈的家，也已经有了灯光，想她必是倦游归来了，我迟疑了一下，没有走过去摇铃，我已拜望过郊外的晴朗，不必再看她了。

　　走到车站，总觉得手里比来的时候多了一些东西，低头看看，依然是那一本旧书。这使我忽然迷惑起来了，难道我真的携有一张画吗？像那个孩子所说的："画好了，藏起来了！"

　　归途上，当我独行在黑茫茫的暮色中，我就开始接触那轴画了。它是用淡墨染成的"晴郊图"，

画在平整的心灵素宣上，在每一个阴黑的地方向我
展示。

# "黄梅占" 和稼轩词

　　我在一只小小的玻璃罐子前站住了，只因罐子上有三个字：

　　黄梅占

　　这里是香港的超级市场，架上货色齐全，而顾客行色匆匆，各人推着购物车义无反顾地向前走。唯有我，为一个名字而吃惊驻足，只因为它太细致太美丽。黄梅和占卜放在一起会是什么意思呢？记得辛稼轩的词里有一句：

　　试把花卜归期，才簪又重数。

写的是女子在凄惶的期待岁月里变得神经质起来，于是拔起鬓边的春花，十分迷信十分宿命地数起花瓣来，想在一朵花的数学里面去找出那人几时回家的玄奥——然而，她对答案并不放心，她决定从头再数一遍……

而这小小玻璃瓶中的黄梅，又如何用以占卜呢？黄梅是指蜡梅花吗？梅花是五瓣的，而用来占卜的花应该是重瓣的才对。唉！"花卜"真是一种美丽的迷信。自从有了长途电话，数着花瓣计算归期的企盼和惊疑都没有了，"重逢"竟成了时间表上确确实实的一道填充题。

我是从稼轩的词里认知了那一代女子的清真明亮和婉约多姿，而眼前的这"黄梅占"究竟是什么东西？我仔细拿起瓶子一看，不禁失笑，原来只是一瓶果酱！香港人用音译的方法把果酱译成"占"。黄梅则指的是一种经由桃杏嫁接而长出的水果。虽然觉得被标签摆了一道，我还是买了一罐"黄梅占"——像一个虚荣的女子，既被甜言蜜语所骗，便也不打算拆穿。回到家，慢慢地品尝，因为有大块果肉，嚼起来十分甘美。这，或者也算古诗词的某种滋味吧？

## 最后的戳记

　　房间里很拥挤，顺着桌柜往前走，我后面的同学推着我，我也推着前面的同学。我已经过了好几个关口：报到了，填了注册单，并且缴了学费，现在我正把选课卡递了过去；办事小姐抬起头来和我打了个招呼，很亲切地问我：

　　"都选吗?"

　　"当然。"我怎能不全选呢? 以后我再也没有机会选课了。

　　我继续往前走，又缴了一些零碎的钱，便开始办借书证的手续，来到最后一个关口查验学生证。我从皮包中取出那精致的小本子，红色的封面虽然经过三年多的时间，依然保持它的鲜艳美丽。我翻开第一面，上面写着我的姓名、籍贯和出生年月日，并贴着我高中时代的照片。那自然弯曲的短发，那看来似乎和什么人赌气的神态，现在都令我怀念不已。而今而后，在人生的舞台上，我再也不会戴这样一张脸谱了。我又翻一页，是记事栏，除了公车处盖过一方"挂失有案"的图案外，便空无所有了。接下去的一页是注册登记栏，上面有八个方格，分成两列，是让注册组盖章用的，每学期注册的时候盖一格，我已经盖满了七个格子，只剩下右下角的一个空格了。我平时很少注意这些琐细事情，今天却在异样的心情下仔细地谛视了一番。这个图章不大。只有两公分见方，刻的是纤细的篆文，以前我为什么不曾注意过呢？为什么到今天我才这样眷恋地看着它呢？为什么到今天我才发现了不同的意义呢？

我想着，竟把伸到柜台上的手缩了回来。

"最后一个章了，"我对自己说，"这是最后一个章了！"

忽然，我感到一种前所未有的悲哀，莫名其妙地有着出去痛哭一场的冲动。茫茫然地，我走出了嘈杂的房间，独自步向校园。早日的阳光照在草地上，那样淡淡的、柔柔的阳光，把景物衬托得肃穆而清丽。我随便择了一处草厚的地方坐下，对着溪水，对着青山，竟一点也得不着宁静，我深深地吸了一口气，把头埋在双臂中，我什么也看不见了，除了那一片草皮，那生长在我足旁的草皮。但我还是看到那红色的小本子，以一种倔强的姿态躺在草上，那红色刺着我的眼，我的心。我禁不住又把它翻开，我又看到那七个印记了。七个精巧的朱红色的印记，在我眼前跳跃着，我的心感到异样的伤痛，我不禁有些恨自己了。真的，何以当别人庆幸自己即将毕业的时候，我却难过起来？

　　第一个章，我回想起来了，那是三年前的夏天，那充满了兴趣和胆怯的一天，当我接过这本小册子的时候，展布在我面前的是怎样绮丽的远景啊！记得有一句话说："大学就是一个你进去时自以为什么都知道，毕业时才了解自己什么都不知道的地方。"然而那时候，我并不曾觉得自己什么都懂，如今更觉得一无所知了。何以我被安排要走在这条寻索学问的路上呢？这原是一条没有尽头的路啊！

第二个章盖在一九五九的二月里，轻淡地模糊地表示着一片平淡、朦胧而又恬美的生活；第三个章开始，我便在学校里领取自助金和其他奖学金了。回忆起来未始不是一桩艰苦的奋斗，我不止一次地站在布告牌前，仰望自己是否出现在那幸运的名单里。我总是被一大群人挡住了，根本看不到任何名字，大约每次都是别人替我看到的。好几次都有朋友拍着我的肩膀，或拉着我的长发，叫道："恭喜啊，你得到了！什么时候请客呢？"那时我会快乐地流下泪来，我会找到安静的一角，坐下来，感谢那位给了我机会又给了我智慧的天父，也很自然地想到我的父母，以及许多关切我、期望着我成功的人，因而觉得自己到底做了一件对得起人的事。在那有限的金钱中，我领受了无限的快乐。

我用那笔钱来买书，好让许多先哲的思想进入我的心中；我用它来买文具，好让我的思想流入别人的心中；我用它买我自己所喜爱的东西，因为我从来不觉得死守着一份钱财会有什么好处。此外，剩下的一点数目，我使用它买一些亲友们所喜爱的东西，或是给父亲的一本书，给母亲的一枚胸针，给弟弟妹妹的钢笔、玩具，或是给朋友的生日卡片，因为当笑容从别人面上闪亮的时候，我心头的明镜便也映出快乐的形象。

从那平整的印记中，我仿佛又看到平整的校舍，何等巍峨庄严的一座大楼啊！这是我完成一百六十九个学分的地方！我心怦然，一种肃穆而神圣的思想在我胸中升起，我不知道是哪些人的血汗钱集募起来建造了这所大楼，但我知道，总有那样一批人。我不知道是谁设计出它，谁堆砌成它，但我也知道，总有那样一批人。我，一个没有长处也没有优点的人，上天何其钟爱我，让那么多我所不曾谋面、不知名姓的人，助我完成了学业。是的，这只是七枚小小的印记，但隐含着多少人的爱与关切啊！

我的眼前似乎仍浮着那平整的大楼，大楼的右侧是院长的办公室。好几次我站在他的办公桌前，好像我们不是师生，而是朋友，我们的谈话往往持续到电话铃响了、他不得不和别人答话时为止。在这学校里，我得到了许多大学教本上的知识，更得到了一些书本外的学问。有一位同学说："这是我们的黄金时代！"是的，使我们的日子得以称为黄金时代的，便是这些学者脑中闪烁的智慧！

　　大楼第三层，靠中央部分的一间房子，便是我的教室。我们班上只有十一个人，上课的时候，我们比庞大的学校或庞大的班级舒服得多，教授可以征询我们每一个人的意见，我们也可以感觉到自己的存在，以及自己的重要性。逢到上"诗选"时，我们就做对子或联句。那情景不像是上课，倒像是什么诗人大会似的。记得有一次做"秋兴"的诗，有同学吟了一句："飘萍何所托?"教授说："太萧飒了！"我忽然想起一句："傲菊乃相宜"，便对上去了，教授大为高兴。句子虽然谈不上好，却也颇能见志。如果有一天我老了，回忆起少年狂态，这件事当可算做资料之一吧。

在教室里也有很痛苦的时候，好几次我抱病上课，感到眩晕而惊悸，但我非不得已，绝不请假，一则我不愿意错过任何听讲的机会，二则我太重视出席全勤的那份荣誉。我感谢上帝，他给了我一宗最大的财富——健全的脑子，健全的理性，和健全的身体，我从来没有生过比感冒更严重的病，而当我病的时候，他更给我足够的支持力，让我向上的意志不曾仆倒过。

　　教学大楼的右边是活动中心，在那里我也有着我另一面的绚丽生活。我虽然从小好静，不爱活动，唯一的消遣就是躺在床上看小说或听唱片，但这几年来，我也被强迫地活动了一下，我发觉一个人固然可以从有兴趣的活动中领受益处，却也往往从没有兴趣的活动中得到经验。我曾为社团活动奔走过，疲乏过，抱怨过，但当一切过去了，我仍然成为我的时候，我悟出那"毕竟为别人做了一点事"的快乐。

　　在图书馆里是最美的时光了，我常在那里读书或写稿，不时停下来看看四壁图书，而兴"生也有涯，知也无涯”的警觉；有时更无所事事地坐着，把玩一朵小野花，看白云从长窗外的蓝天展翼而过，心底涌起无言的喜悦，人生是何等的美，何等的有希望，何等的值得眷恋珍惜！

大楼的正后方，相去百级石梯的地方，耸立着女生宿舍。在风雨的夜里，我未始不觉得它正像一个家。没有事的时候，我总爱坐在桌前向窗外眺望。因为地势高，一带禾田和村落都尽收眼底。我想，如果我是一个教育家，我也要把我的学校建在稻田之前，让学生们自己去发现细嫩的秧苗怎样结出了茁壮的穗子，让他在无言中憬悟出自己应该如何去完成他的学程。村落外有一座不太高的山，看来仿佛伸手可及，曾读摩诘“好倚磐石饭”的句子，总觉得那平平的小山也应该可以搬过来作为餐桌。小山之外，还有好几叠山峰，其中有一座特别秀拔的，常在夕阳的返照下，幻出一片淡紫的霞光，读外文系的辉，竟把它拟作希腊神话中诸神会聚的奥林帕斯山呢！

回想起来，这是多好的生活，一个人若是一生都能过着我这三年多来的生活，真该心满意足了！

　　我在草上坐着，想着，又快乐，又惭愧，我从别人那里支取了如许之多，现在，当最后一个注册章盖下去的时候，我便被认为是前脚已经跨出校园的"准毕业生"了。我能对这个培养我的社会尽什么责呢？我能对养育我的父母报什么恩呢？我能使看重我的师长如愿吗？我能否站起来，做一个对得起自己的人呢？

　　草场上的阳光渐渐冷却了，我便拾起那本小册子回到注册处去。

　　方才拥挤的人潮散去了，房间里很冷清，办事的职员已在收拾杂物，准备离去。我径自走向缴检学生证的地方，踏着稳定的步子。

　　办事的先生把图章在印泥上捺了一下，从我手里接过学生证，放正了，便按了下去，他在四周压了，又着力在中央部分压了一下，然后才抬起手来，看看那清晰的戳记，满意地微笑了。

　　"最后一个章呢！"他递还给我，"当然得盖得特别好，你看，八个章，整整齐齐的，多好！"

"是的。"我感激地看他一眼，便再也说不出什么话了。

　　通往宿舍的路上，两侧开满了杂色的杜鹃，我感到自己心里也有一朵花，在欢欣的希望中慢慢地绽开了。

　　"我的主，"我抬头望着蓝宝石般的晴空，心里默默地祷告，"但愿在你那本美丽无比的生命册上，我的名字下也盖满了许多整齐而又清晰的戳记，表示你对我完成之事的嘉许，当我走完一生路程的时候，当你为我盖下最后的戳记的时候，求你让我知道，我曾完成一段圆满的人生！"

## Chapter4
## 霜 橘

何不把某些令你不快的遭遇视作薄薄的飞霜呢？霜降以后，我们生命中每一颗果实都会成为饱满而甜蜜的了。

# 丽人行

蔡主编：

接到你的邀稿信，想来想去觉得现代人其实可乐之事不多，耳所闻者为高分贝，目所见者为水泥森林，鼻所嗅者为污染废气，喉所饮者为工业废水，此外不法商人又饲我们以色素、硼砂和防腐剂等物，如此生活，乐从何来。

后来想想现代人虽苦多于乐，现代女人倒是捡了个小小的便宜，古代女人所不能做的事，不能享的福，现代女人都占尽了。特别记述三年前印度尼泊尔之游，严格地说，这篇题目应该是"现代女人的快乐"。

住在达尔湖边的那两天，我们的房子其实就是船。

但是初到克什米尔的兴奋使我们贪心起来，吃过晚饭大家执意要去荡舟，于是凑钱，商请舟子把我们带往萍藻深处。

虽是八月底，湖上却寒烟四起，舟子给我们些毛毯，吩咐各人把自己严严裹好，大家虽各自扎裹成一副老实样，心里却跃跃然，几乎要破形而去。

我们这一行九人，几乎是"女子旅行团"，其中虽有两个男人（一位是王太太的先生，一位是个老阿伯），却寡不敌众，想古今中外的女人跟我们一样好命的大概不多，芸娘如果知道此事，真会羡慕得眼睛发绿吧？辛稼轩谓"不恨古人吾不见，恨古人不见吾狂耳"，我此刻不恨自己没见过孔子、庄子、李白，只恨不能被他们所见！

也许是太快乐了，所以不免生出些罪疚感来，团里老听到类似这样的话：

"下一次，我要带我先生出来……"

这种话通常非常富于感染性，立刻你会听到另一个人说：

"是呀，我本来要他来的，他也说想来，可是事情一忙，就是走不开……"

然后，接下来，总是一片"我先生""我儿子"的声浪。

那天夜里的湖上泛舟显然又隐隐要开始这类话题了，我于是以团长之尊开口叱道：

"各位注意，为了不打扰今天晚上的清兴，大家都不准说'我先生'这三个字，以免惹起心事，违者罚款二卢比（约台币十元）。"

话未说完，能诗能画的席慕蓉就不服气，此人也不愧为成吉思汗的后裔，她立刻拉开嗓门叫道：

"两个卢比？我出得起，各位听着：'我先生！我先生！我先生！我先生！我先生！'"

对于如此痴情如此豪迈的违法者，你有什么话可说？可惜的是此位女杰记性不好，等回到台湾，要向她追讨十元卢比的罚款（我当时为了明罚饬法，记得非常清楚，她讲了五次），她却死不认账，反而说：

"我那天晚上会这么疯狂吗？我怎么不记得！"

虽有人证，她却赖了个干净。

话说那天晚上大伙被她五声"我先生"一叫，居然得到亚里士多德所说的悲剧宣泄效果，绝口不再提"我先生"、"我孩子"而专心看夜景了。

达尔湖上的星光是不能忘的，多而密，坚实而饱满，不像大都市里的星，仿佛和了稀泥抹上去的。

"这里的星不一样！"

"这里的星星，镶工比较好！"这一次脱口而出的，又是慕蓉。

事情倒是很公平，她固然把违的法忘了，却又把口占的好诗忘了，后来在大屯山的一次星夜里，我念出她这句话，她居然也不相信，当时楚戈在座，我特别请他把这句险些失落的句子写成小斗方，送回给原制作人。

湖很大，我们绕了一圈又一圈。晚上回到湖畔，睡在摇篮似的船屋。第二天一早又去赶湖上的早市。日子真好得不像话。

团里最阔的大概是爱亚。她居然身携四千美金，其实她买东西极俭省，看来大约连一千也花不完，何苦带那么多？她说：

"我先生说的嘛，第一次出远门，多带点，以防万一。"

这年头，世上好先生真不少哩！

王行恭和太太洪幸芳也是一双璧人，两人都学美术，王行恭的设计是没话讲的——而王太太，我虽没见过她的设计，至少她的衣服和项链首饰非常与众不同，世上画家虽多，能把自己穿成一幅画来的人毕竟太少了。这王氏夫妇在初登程的时候颇拌了几场嘴，理由只有一个：王太太爱上许多东西，王行恭却主张"三思而不买"。其实王行恭因为跑过太多地方，如美国、西班牙，看过的东西多，不轻易动心，王太太却是第一次离台，看见每一件东西都要发狂。王先生后来大约也想通了，把心一横，对太太以及众女将说：

"买吧，买吧，买死一个算一个！"

大家想起他的开窍过程，无不失笑。其实我们买的东西都是极便宜的小玩意，像孔雀毛扇子，不到一百元台币一把，在长途旅行里已足够占掉我们整整一只手了（扇子大，放不进箱子）。

李南华是黄永松的太太，一面教美术一面相夫教子，一面居然无师自通地搞起民歌作曲来了。此人买起丝巾，真是精明得"一丝"不苟，她对着太阳把每一条丝都检查了，付起账来却糊里糊涂掏出一把钞票捧在手上，其中有台币、泰币、尼泊尔钱、印度钱，也有美金……嘴里不住求救道："我不会算啦，我不知道该怎么付，现在该付哪一种钱啦？你们帮我看啦！"

许多时候，我们都从她手心里挖野菜一样的挖出钱来去付账。

林静华和姬小苔是一对快乐的单身女郎，后者一副资深旅行行家的样子，身上总是背着粉红色的小水壶，大约省下了不少饮料钱，此外她还有一段尚未开始便已斩断的印度情缘。林静华平常认真翻译，赚钱不少，她说：

"可是一到放假我就把存的钱拿来玩，玩的钱我是不省的。"

其实，一路上这些女人的原则倒是一样的——不省钱，却也不费钱。

最后一站是新德里，乡愁和家愁又暗暗酝酿起来了，大家都说要打长途电话回家，从印度打电话回台北，自古以来做过这种事的女人不多吧？电话费那么贵，每一秒都是钱，真让人急得不知说什么话才好。

"你要说什么？"我问同房间的慕蓉。

"呀，我要叫我先生帮我买好仙草冰，放在冰箱里，我一回家就可以吃！"

老天！这蒙古裔的小姐真是惊人，隔着三分之一的地球，打起长途电话却只是叮咛一句仙草冰！

电话接通后，她果真说了仙草冰的事，可是话到紧要关头，此人居然讲起法文来，不知他们讲些什么肉麻话？欺负我这不懂法文的，想想真生气，正气着，忽听她甜蜜地重复地叫了几声："翘——翘——翘——"我当下狠狠记住这发音，心里想这"翘"字必然是肉麻之极的一句话，我一定要好好记住，将来再去请教高明，弄清楚字义，不怕找不到材料来笑她了。不过后来大失所望，原来那"翘"只是"再见"的意思。

九月初，大家回台湾，各人乖乖地在厨房和办公室之间奔跑，偶然小聚的时候，彼此都会依依地说：

"什么时候，我们再去尼泊尔、印度和克什米尔啊？"

什么时候，我也不知道啊！我想对久违的山水和女友说一声"翘——"但愿再一次见到你们。

# 霜　橘

玖:

　　很多日子以来一直在盘算着要写封信给你。或许就因为太慎重，反而使我不敢着笔了。记得夏天时我们曾有过一夕长谈，而现在已是萧瑟的冬日了。那时候，你手里拿着一本书，书里夹着许多花瓣儿，而今呢？你的本子里却又夹着些什么呢？可否就把我这封信当作一片小小的落英？让它夹在一本看不见的版册中。当你翻阅时，它就在不经意的一瞥中怡悦你。

　　现在，我还能记得那夜我们在校园里。夜很深，到处都是露水。我们只好站着，绕一池睡莲漫步，你对我谈到你的痛苦，我谛听着，忽然想起一位长者的话——痛苦，是这世界的土产——玖，如果你原谅我的话，我要说，我在你的痛苦里意味出幸福的成分。玖，你想，一个年轻美丽而又聪明无虞的女孩子，在诗意的月夜里，诉说一种诗意的痛苦。严格地说，那又算什么呢？

你曾否想象过漫天烽火的战场，在那里，最悲惨的屠杀正进行着。许多母亲的儿子，许多妻子的丈夫在血泊中栽倒，他们的尸身在腐烂、生虫。你曾否目睹令人心酸的孤儿，在饥寒中啼哭，不知命运要为他安排一个痛苦的死亡或是一个痛苦的生存。你曾否进入许多不蔽风雨的屋子，那里有贫病交迫的一家在痛苦中残喘苟活。你曾否遇见许多饱学之士，竟至于穷途潦倒，三餐不继，抑郁终生。玖，你知道吗？我敢说，你简直忘了世界上还有那一等人，或者，你根本没想过那种惊心动魄的痛苦，那种深沉的、恨不得撕裂自己的痛苦。因为你太年轻，太不经事，你只知道闲愁闷气，你根本什么都没有了解啊！

当然你可以赌气，说，"我情愿像他们，我情愿死，我也不要像我自己。"但，我告诉你，如果我在未来的年代中，不蒙受贫穷、病痛、死亡、离别、顿蹇的阴影，而单单只受你所受的那种痛苦，我就要说，我是幸福的了。

现在，且把你所谓的误会欺诈和谗言也算作一种痛苦吧，果真如此，你也不算孤单，只要是人，没有一位不曾被恶言中伤过的——即便是神，也不能免于诟骂。记得那个古老的故事吗？在伊甸园里蛇怎样向夏娃进攻呢？他毁谤上帝——他成功了，错误的历史便以此为起点而写下去。你翻开课本看看吧！苏格拉底被认为是蛊惑青年的罪人，终于在群众面前饮鸩而死，有谁知道他寻求真理的诚实？孔子被误会作求官的政客，甚至隐士们也用暧昧的话讽劝他，有谁了解他"知其不可而为之"的热忱？耶稣被人控告为煽惑群众的暴动者，被悬挂在强盗中间钉死，有谁体会他舍身救人的苦心？人类史上充满荒谬的例子。人们永远虐待着伟大的先知先见，直到他们尸骨成灰的时候，人们的子孙才开始推崇他，为他修建美丽的坟墓。玖，所以每当有人嘲诮我，有意无意地用言语伤害我，我总是沉静下来，心里充满神圣而肃穆的感觉。玖，当我身受先圣们痛苦的一部分，当我戴上这顶曾经刺伤过他们的荆棘冠，我就觉得我更接近他们，更像他们，更分沾了他们的荣耀。

玖，如果我们真能了解一点人生，好好去揣测一点人性，我们就知道，我们没有资格不被批评，既然比我们伟大、比我们圣洁的人都曾受人误会、被人毁谤，我们又凭什么希望能幸免？我们生存在一群以闲话为副食品的人中，注定了就要成为话题的。那么，又何足介意？我小的时候，有人向我解释长舌妇的意义，总以为造谣生事的都是女人，其实男人也会如此的。古来，在皇帝面前进谗言的宦官奸臣都不是女人，而是比较高雅有修养的男士。有的虽然不议论时人，却免不了要转个目标论断古人一番的。把历代人物是非拨过来、讲过去，无非只想发泄一下。所以，当他们得意的时候，当他们不得意的时候，乃至当他们无聊的时候，总不免要谈论人的——尤其是谈论女孩子。玖，你又怎能厚非他们呢？他们连自己做了什么也不晓得呢！

　　当然，人之论人难免有伤敦厚的地方，而且大多数的时候也有失真实。这有什么办法呢？人心不古，由来已久，而且我怀疑大概从来也没有"古"过。此外，即使别人无心造谣，无心轻薄，但是由于不充分的了解，总难免说些令人伤心的话。人何尝了解别人呢？许多艺术家在生前被视为疯狂，死后却又被奉为天纵之才，他们精心的杰作早已湮没，随手画在桶底的画儿却能价值连城——他们何尝被了解呢？又有许多文人在饿死了好些年以后忽然被人传诵了，但传诵的却又是些什么呢？陆放翁题诗无数，被人喜好的却是《钗头凤》一词。李义山空灵哀艳为晚唐诗宗，人们却只爱猜测那几首无题诗是送给谁的——他们又何尝被认识呢？至于一首《菩萨蛮》是否李白所写，千年来不知经过多少议论。一首《生查子》把朱淑真弄得身败名裂，却又有人说作者其实是欧阳修。人们何尝能了解事实的真相呢？人们何尝知道别人的深度呢？他们只是凭一时喜好，想怎样说就怎样说罢了。连昭然有名的历史人物，连堂堂正正的学术问题，他们也任意评说，那么，你我又算什么呢？

其实人们何止不了解别人呢？人连自己也很少了解的。泰戈尔说："人不能看到自己，你看见的只是自己的影子。"真的，我们只看到一个经过整修和装饰的影子。那么，又何必一定要苛求别人了解我们，用丝毫不差的尺度衡量我们？而且，玖，想想吧，在这个悲惨的世代里有多少悲惨的命运。对于伤风的人，你总会原谅他打喷嚏的。那么，如果你能体恤一些痛苦烦躁而病态的心灵，你就不再介意他的毁谤了。玖，他是不得已的。他又何尝不希望做一个快乐的人呢？他何尝不明白说人闲话的无聊呢？他是身不由己的。如果你我站在他所立的地位上，处在他所受的煎熬中，玖，也许我们比他更坏上无数倍呢！所以，玖，原谅别人总是对的。饶恕是光，在肯饶恕的地方就有光明和欢愉。在黑茫茫的旷野中，饶恕如灯——先将自己的小屋照得通亮，然后又及于他人。玖，你的窗内常散出柔和的灯光吗？

再者，往宽慰的地方想，你可以用那个父子骑驴的故事——反正你怎么做都不会令所有的人满意的。那么，就漠视那些不值一顾的挑剔话吧！如果我们企图努力圆滑、努力迎合每一个人，那又何苦呢？我们的父母不是为那些人而养育我们的。我们生存在世，自有我们独立的意义，我们做我们认为合宜的事，我们想我们认为正确的思想，我们只对上帝负责。

　　当然，很可能有时候错误确实在我。那又何妨呢？一个能承认错误的人绝对比论断错误的人高贵。我曾自一本书上看到一段话，令我终生不忘。当那位作者因为愤慨别人对她的不当批评而致信友人，她的朋友竟这样回复她："如果我听到有人这样讲我，我就要说：'是啊！朋友，但你说得还不到我一半坏呢！'"玖，如果我们不过分自高，我们将会发现我们并不如自己所想象的那么完善，那么无懈可击。人活在世上如果只有爱护我们的朋友，而没有菲薄我们的敌人，未始不是一种危险呢！

　　那么，综合看来，批评到底给了我们什么伤害呢？什么也没有啊！如果我们是被冤枉的，我们仍然有心安理得的快乐。如果我们真正错了，也正可闻过而喜。如果我们的名誉被破坏，以致某些人冷落我们，那就罢了，因为那些人本来就不是我的朋友。至于我们真正的朋友，如果听到了那些言语，反而会更爱护我们，更护卫我们的。事实和时间会说明一切。将来我们这一代都要过去，都要成为陈迹。在悠久漫长的光年宇宙里，我们小小的闲愁闷气显得可怜而又可笑。

既然如此，玖，对我们来说没有一件事是不好的，没有一件事的发生是不值得快乐的，当台风过境后不要说："我失去我的剑兰了。"你可以说："我有一个好机会清扫我的院子了，否则的话我也许永远想不起来这件事。"如果你丢失了十块钱，不要叹息你破了财，你仍然可以快活地说："多么好，让我得到一个必须要谨慎的教训，这个教训比许多金子都宝贵呢！如果我现在不曾学会谨慎，也许将来我会因此丢掉我的性命呢！"所以，当谣言弥漫的时候，不要认为你将受害了，你仍能因此受益的。不要躲避那块粗粝的石头，如果你敢于正视它、剖析它，或许你可以从其中得到意想不到的璧玉呢！

记得好些年前，我偶然看到一本很有名的字帖。那是王羲之的《橘帖》。使我为之神驰良久，那上面的字句极美："奉橘三百枚，霜未降，未可多得。"我极喜欢那古意盎然的旧纸，那飘潇自如的字体。但渐渐地，我更欣赏那简捷的文句，向往那份淡远的友谊。

而如今，年事渐长，我开始领悟一种更深的意义了。那是一个假日的下午，我坐在一位教授家中一面谈天，一面剥着橘子。他吃了一口，对我说："不甜，现在还没有降霜，橘子是不会甜的。"我就忽然想起王羲之的《橘帖》来了，又想起我自己。更觉得我所有的果实都还是生硬而酸涩的。因为我们太少有经历，太少有折磨了。我们太脆弱，我们简直不配承受霜雪。

玖，在这草木零落的季节，我的心禁不住要反复地想着那甘甜多汁的霜橘。玖，何不把某些令你不快的遭遇视作薄薄的飞霜呢？霜降以后，我们生命中每一颗果实都会成为饱满而甜蜜的了。

晨星寥落，天是快要亮了。浓雾在窗外牵扯着，拥挤着，似乎要破窗而入。玖，经验告诉我，早晨有雾的日子必然是晴天。我的心突然兴奋起来，今天一定是个多阳光的日子了！玖，我愿我早期的生命中也充满瞬息即散的浓雾——这种迷离和寒冷是可以忍受的，因为光耀而漫长的白昼就要来了！

# 寄隐地
## ——兼谈《亲亲》选集

隐地：

是那一年吗？多少年了？十四年了？我们九个人的名字一起出现在报纸上，大家都才二十出头，广告上说：

"九个青青的名字。"

我们的第一本书出来了！我们的放大照片挂在出版社墙上——那一年，好遥远的事了。

转眼青青的名字已不复青青。你，一个成功的出版家。我，一个在两块木板间站了十几年的教师（背后一块直立的黑板，面前一张平面的讲台）。青青秧苗的颜色也许幼嫩沁人，但我们只关心自己是否抽了芽结了穗。

让别人去青青吧！让别人去作年轻的飞扬吧！三十岁以后我们关心的是把自己蔚为浓浓稠稠的绿荫。

而十四年后的一个晚上，你坐在我家的客厅里。深夜，岁暮，送走你后，我兀自好笑起来。嘿，嘿。要我编一本"亲情伦理"的书，我忽然自嘲地想，这简直是训练教官、公民老师或是训导主任才干的事嘛，怎么落到我头上来了！唉，这件事一定够婆婆妈妈的，算了，算了，十几年的朋友，这件事别搞砸了，这本书真不知怎么了结，只好走着瞧了……

好在我心里已经藏着几篇好文章，运气好的话，说不定会碰上另外几篇。

于是，我开始上天下地地翻找、搜寻起来。琦君的书放在书架倒数第二格，蹲下去翻吧。三毛的书被小孩子拿去了，一定要去偷回来。赵宁的呢？啊！我不能打电话问他同意不同意？我既怕自己会哭出来，也怕他会哭出来，他是不幸刚刚失怙的人，还是写封信去吧。王洪钧先生会不会同意？我有时简直忘记那么大号的人物，原来小时候也是有妈妈的。杏林子呢？她的妈妈简直是超人，"久病床前有慈母"，而且，无论什么时候你看到她，她总是从从容容，欢欢喜喜，爽爽利利的，她像大地，又沉又稳，有托住万物的雄拔潜力。再怎么麻烦，也非要杏林子的稿子不可。还有，赵云，在南部的阳光里，安恬地守着孩子、丈夫和一屋子画的赵云，要不要去提起，尤其她的母亲还陷在越南，生死不明……

　　我在书架上找那些文章，我在剪报里找那些文章，我在杂志里重拾那些令人泪下的片段，我在电话里不断地问别人，记不记得什么令人难忘的，描述亲情的好文章。于是，忽然之间，我的桌子上、椅子上、架子上、脑子里堆满了这一类的文章。有的作者学历是堂堂博士，有的学历是小学生，有的曾经叱咤风云，有的却是一介小民，但是一旦触及这最原始、最质朴的情感，没想到，原来彼此竟是这样的相似。

我一向并不承认"天下无不是的父母"那句话，任何人如果不追求自我人格的完整成熟，单靠"做父母"是无法使自己完美的，我更不愿闭上眼睛，骗人说：伦理、亲情是无处不在的。我必须承认这世界上有无数可怕的破碎家庭，带给子女难以补缀的伤痛。但是，至少，让我们这样告诉年轻人：

　　　　如果你曾被家人所爱，你已了解那份美好，把你所承受的爱分给别人！
　　　　如果家人不曾爱你，你懂得那份辛酸，那么，更试着去爱那些不曾被爱过而无限辛酸的人吧！

　　在整个编选的过程里，我常常不知不觉走入别人心灵最深、最柔的地方，我看到一份一份最赤裸、最没掩饰的感情，这样的经历对我而言是神圣的。
　　我不知道读者会怎么看这本书？一本传记文学

的示范？一串名人思亲录？一本不错的散文集？不，我愿他们看到更多，我愿他们在此间看到"情"，人间的至情。

年轻的时候，我们读过圣贤的句子——"大道之行也……人不独亲其亲……"大同世界，在我们有生之年，能不能看到？我不知道。但是，无论如何，让我们至少先学会"亲其亲"吧！我打算给这本集子命名为"亲亲"。

谢谢你托给我的这份任务，使我这段日子有如春日的旅人，行在目不暇接的两岸繁花间。所看见的岂止是表面的殷红盛绿，满眼所及是无处不温柔的春水，无处不和煦的春阳，以及无处不骀荡的春风。

赵云的信回来了，她说：通过国际红十字会，她把母亲从越南接来奉养了。乱世里，船民的命如草芥，多少人的父母子女死在冷冷的波涛下，我忍不住滴下泪来，该是为赵云喜呢？还是为万千鲨吻与礁石间的生民悲呢？

在这块温暖而富生机的土地上，让我们这些平凡人各亲其亲，各子其子。这样，或者也可算是对那些身在劫数中不能亲其亲的人类手足的一种同情吧！

隐地，那个晚上，送走你，我以为我只是答应为尔雅出版社做一本选集，但做着做着，我知道我不是为你——十四年前一起出第一本书的写作伙伴——做的，更不是为尔雅出版社做的，我只是将我的真心，捧给知己看就是了。

原来人子都有着如此相近的一颗心。

春深了，让我们不但将文章付梓，也能将一片心迹同时交付。

# Chapter5
## 山的春、秋记事

曾有一个晚上，秋月圆满无憾，有一群人站在群山万壑之间的一线凌虚架空的吊桥上。当是时，桥上是月，桥下亦是月。众人哑然，站在那条挂向两山间的悬空吊桥上，一如他们的一生，吊在既往和未知之间扯紧的枯绳上。

# 饮　者

在中国大陆冬季的盛雪中行山路，我到小铺里买了一小瓶一百毫升的四川茂公酒厂出的大曲，倒也不是因为想喝，而是觉得放它在皮包里便有份安全感，有份暖意，仿佛偷藏了一部自力发电的内燃机。

走离山道，来到小城，那城叫"大鄜"。整个城都仿佛仍是古代的鄜国，静静的、悠悠的、尘埃扑扑的。

我走到人声沸扬的市集上，东张西望，望到一个卖酒的女人。那女人像个魔法师，紧紧看守着面前一桶桶神奇的魔术，眼神淡淡的，仿佛穿越时空。我走上前去一一问酒名，她也一一答复：

"这是果子酒，什么果？很多种果子说不清啦！这是米酒，这是苞谷酒……"

"等一等！等一等！这是苞谷酒吗？"

"是，是苞谷酒。"

"我要买一点。"

"你有酒瓶吗？"

原来这里打酒要自备酒瓶的。我当机立断，打算把我的大曲酒找个人送掉，只留瓶子。旁边另外有个女人立刻去找了个杯子盛了我的酒拿走了。

"奇怪哩，大曲贵，苞谷酒便宜，你这人怎么倒掉大曲去买苞谷酒？"'

我笑而不答。

终于买了一百毫升的苞谷酒，一路走一面抿上一小口，觉得仿佛在吞食液态火焰，怎么向市集上的那些人解释呢？只为读过古华的《芙蓉镇》，那小说里有一坛苞谷酒。此番买酒只为领略故事中郁郁烈烈的风情，只为知道世上有某种强劲力道。

那一百毫升的酒，一直回到台湾还剩一口没喝完呢！但我却自许为"饮者"，急于饮下"未知"。

# 垃圾桶里的凤梨酥盒子

那一次旅行，为的是去看东方白笔下的露意湖。飞机飞到加拿大的盖尔格瑞城，余下的路便须自己开车了。于是先去订旅馆、租车。

在盖城，刚好碰上牛仔节，十几万人的嘉年华会，这场热闹不赶白不赶，我们也巴巴地买了票，打算去看牛仔怎么骑劣马，怎么丢绳子套小牛……

场子极大，加拿大反正什么都大，每个人都穿红着绿，有人头戴阔边牛仔帽，有人腰系极夸张的牛仔皮带，有人足蹬牛仔鞋……全城一片喜气，人人不但打扮得像牛仔，而且，像刚在竞技场上赢到大额奖品的牛仔。

我觉得光在场外走走，就已经很精彩了，虽

然，也不过就是节庆气氛罢了。但看见小孩子人手一个气球，大人都抱着冰淇淋和爆米花，倒也是一种简单的幸福……你要问我自己呢？我大概只能置身事外，当然，如果我家今年有匹小马来参选，我一定整个心弦都绷紧了。但此刻，我只是无可无不可地到处逛逛，一面点头说：不错，不错……

路旁每隔二十公尺就有个大汽油桶，供人丢垃圾。这种场子如果没有垃圾桶是不堪想象的。我跑过去要看它一眼，丈夫觉得我的行为很诡异，我却振振有词，说：

"看垃圾桶也是门学问呢！垃圾桶里是大有文章的呀！"

于是我跑到桶前进行我自己所谓的"伟大观察"，不料才一看，便忽然愣住了，接着大叫一声——非常的"无学问状"。

"什么事？"女儿问。

"啊！怪！你们看，你们看，这里丢着一盒凤梨酥的盒子，这盒子，照我看，是我们台湾来的人丢的！"

"场子里十几二十万人，有个从台湾来的人在里面并不稀罕啊！"丈夫说。

但不知为什么，我就是觉得稀罕，就是觉得快乐，游园的感觉也不同了，而且，一直很没出息地念着：

"这个爱吃凤梨酥的人是谁呀？他们是旅行路过此地呢，还是长年住在北美？他们的凤梨酥是直接带来的，还是在唐人街买的？他们是几个人？是不是也带着孩子——孩子才是最爱吃凤梨酥的呀！"

我又想起自己少年时代曾多么喜爱这样酸酸甜甜的酥饼，如果有同学从台中来而敢于不带凤梨酥分享给大家，我们一定把她怨个半死的。后来因为怕胖，总有二十年不去碰它了，但此刻，在加拿大的草原城里，我却切切地想起凤梨酥的好滋味来。

我以为自己看老外和看老华是一样的，我以为我早已养成众生平等观，及至身陷在碧眼金发的旋涡里，猛然看到一个遭人抛弃的纸盒，才老实承认自己对自己族人的依恋有多么深。

## 我的幽光实验

闰三月，令人犹豫。恋旧的人叫它暮春，务实的人叫它初夏——我却趑趑趄趄，认为是春夏之交。

这一天，下午五点，我回到家。时令姑且算它是春夏之交，五点钟，薄暮毕竟仍悄悄掩至了。这一天，丈夫和女儿刚好都有事不回家吃晚饭。我开了门，一个人站在门前，啊！我等这一天好久了，趁他们不在，我打算来做我的"幽光实验"。

想做这个实验想了好一阵子，说起来，也不过发自一点小小的悲愿，事情是这样的：我反核，可是，我却用电。我反对我们的核能废料运到雅美人的碧波家园去掩埋，然而，我却每个月出钱给电力公司以间接支持他们的罪行，我为自己的伪善而负疚。不得已，只好以少用电来消孽。因此，在生活里，我慎重地拒绝了冷气。执教于公立学院，学校的预算比捉襟见肘的私立大学是阔多了，连工友室也装冷气，全校不装冷气的大概只剩我一个了。每次别人惊讶问起的时候，我一概以"我不怕热"挡过去。后来，某次聊天，发现林正杰也不用冷气，不禁叹为知己。台北市的盛夏，用自己一身汗水去抗拒苦热，几乎接近悲壮。这其间，也无非想换个心安。"又反核四厂，又装冷气机"，对我而言，简直是基本上的文法不通，根本是说不出口的一句话。

除了冷气机不用之外，还能不能找个法子省更多的电呢？我问自己。

有的，我想，如果每一天晚一点才开灯的话。

听母亲说，外婆和曾外婆，她们虽然家境富裕，却都是在黄昏时摸黑做针线的。"她们的眼睛真好哩！摸黑缝出来的也是一手好针线呢！她们摸黑还能穿针，一穿就进。"

我遥想那属于她们的年代，觉得一针一线都如此历历分明。人类过其晨兴夜寐的岁月总也上万年了，电灯却是近百年来才有的事。油灯、蜡烛在当年恐怕都是能省则省的奢侈品。既然从太古到百年前，人类都可以生活得好好的，可见"电力"是个"没有也罢"的东西。

上帝造人，本是一件简单的生物：早晨起床，工作，晚上睡觉，睡觉前的时间可以摸黑做一些半要紧半不要紧的事，例如洗澡、看书、讲故事、作诗。

反正上帝他老人家该负全责的，白昼是他安排的，黑夜是他规划的。那么，在昼夜之间的夕暮，也该归他管才对。根据这样的逻辑演绎下来，人类的眼睛当然理该可以适应这时刻的光线。

但不知从什么时候开始，人类变得像一个神经质的小孩，不能忍受一点点幽暗。一个都市人，如果清晨五点醒来，连想都不用想，他的第一个本能大概就是急急按下电灯开关，让屋子大放光明。他已经完全不能了解，一个人其实也可以静静地坐在黎明前的幽光里体会时间进行的感觉。那时刻，仿佛宇宙间有一台巨大的天平，我在天平此端，幽光，在彼端。我与幽光对坐，并且感知那种神秘无边的力量。方其时，人，仿佛置身密林，仿佛沉浮于深泽大沼，仿佛穴居野外的上古，仿佛胎儿犹在母体，又仿佛易经乾卦里的那只"潜龙"正沉潜某处，尚未用世。方其时，"天地玄黄，宇宙洪荒"，——这是《千字文》的句子，古代小孩启蒙时要念的第一篇，是幼童蒙昧的声音在念宇宙蒙昧期的画面—— 一切还停顿在圣经创世纪的首章首句：

"未始之始，未初之初……地则空虚混沌，渊面黑暗……"

坐在这样黎明前的幽光里，何须什么菲力浦牌或旭光牌的电灯来打扰。此时此刻，那曾经身处幽潜的地球和曾经结胎于幽潜子宫中的我，一起回到暖暖幽光中，一起重温我们的上古史。当此之际，我与大化之间，心会神通，了无窒碍。此刻，灯光，除了是罪恶，还会是什么呢？

黄昏，是另一段幽光时分。现代人对付黄昏的好办法无他，也是立刻开灯。不错，立刻开灯的结果是立刻光明，但我们也立刻失去自己和天象之间安详徐舒的调适关系。

现代的人类如此骄纵自己，夏天不容自己受热，冬天不容自己受冷，黄昏后又不容自己稍稍受一点黑。

然而，此刻是下午五时，我要来做个实验。今晚，我来试试不开灯，让我来验证"黄昏美学"，让我体会一下祖母时代的生活步调，我就不信那样的日子是不能。

记得十多年前，有一次为了报道兰屿的兰恩幼稚园，带着个摄影家去那里住过一阵子。简单的岛，简单的海，简单的日出日落。没有电，日子照过。黎明四五点，昊昊天光就来喊你，嗓音亮烈，由不得你不起床。黑夜，全岛漆黑，唯星星如凿在天壁上的小孔，透下神界的光芒。

在岛上，黄昏没有人掌灯。

及夜，幼稚园里有一盏气灯，远近的孩子把这里当阅览室，在灯下做功课。

而此刻，在台北，我打算做一次小小的叛逆，告别一下电灯文明。

天不算太黑，也许我该去煮饭，但此刻拿来煮饭太可惜，走廊上光线还亮，先看点书吧。小字看来伤眼，找本线装的来看好了。那些字个个长得大手大脚的，像庄稼汉，很老实可信赖的样子。而且，我也跟他们熟了，一望便知，不须细辨。在北廊，当着一棵栗子树，两钵鸟巢蕨和五篮翠玲珑，我读起陶诗来——"……斯晨斯夕，言息其庐，花药分列，林竹翳如。清琴横床，浊酒半壶，黄唐莫逮，慨独在予。"

哇！不得了，人大概不可有预设立场，一有立场，读什么都好像来呼应我一般。原来这陶渊明也注意到"林竹翳如"之美了，要是碰到今人拍外景，就算拍竹林，大概也要打上强光，才肯开镜吧？

没读几首诗，天色更"翳如"了，不开灯，才

175

能细细感觉出天体运行的韵律，才能揣摩所谓"寸阴"是怎么分分寸寸在挪移在推演的。

一日的时光其实是一段完美具足的生命，每一刹那都自有其美丽。然而，强灯夺走了暮色，那沉潜安静的时分，那鸟归巢兽返穴的庄严行列，在今天这个时代，全都遭人注销，化为明灿的森严的厉光。

只因我们不肯看暮色吗？

天更暗，书已看不下去，便去为植物浇水。

我因刚读了几行诗，便对走廊上的众绿族说："唉，你们也请喝点水，我们各取所需吧！"

接下来，我去煮饺子。厨房靠南侧，光线很好，六点了，不开灯还不成问题，何况有瓦斯炉的蓝焰。饺子煮好，浇好作料，仍然端到前面北廊去吃。天愈来愈暗，但吃起饺子来也没什么不便。反正一个个夹起塞进嘴巴，也不需仔细的视觉。我想从前古人狩猎归来，守着一堆火，把兔肉烤好，当时洞穴里不管多黑，单凭嗅觉，任何人也能把兔子腿正确的放进嘴里去的。今人食牛排仍喜欢守着烛光，想来也是借一点怀古的心情。

饺子吃罢，又剥了一个葡萄柚来吃，很好，一点困难也没有。我想，人类跟食物的关系是太密切了，密切到不须借助什么视觉了。

饭后原可去放点录音带来听，但开录音机又要用电，我想想，不如自己来弹钢琴，反正家里没人，而我对自己一向又采高度容忍政策。

钢琴弹得不好，但不须看谱。暮霭虽沉沉，白键却井然，如南方夏夜的一树玉兰，一瓣瓣馥白都是待启的梦。

琴虽弹得烂，但键音本身至少是玲琮可听的。

起来，在客厅里做两下运动，没有师承，没有章法，自己胡乱伸伸腿，扭扭腰，黑暗中对自身和自身的律动反觉踏实真切，于是对物也觉有亲了。楼下传来花香，我知道是那株二人高的万年青开了花。花不好看，但香起来一条巷子都为之惊动，只有热带植物才会香得如此离谱。嗅觉自有另一个世界，跟眼睛的世界完全不同，此刻我真愿自己是一只小虫，凭着无误的嗅觉，投奔那香味华丽的夜之花。

我的手臂划过夜色，如同泅者，泅过黑水沟，那深暗的洋流。我弯下腰去，用手指触摸脚尖，宇宙漠然，天地无情，唯我的脚趾尖感知手指尖的一触。不需华灯，不需明目，我感受到全人类的智慧也不能代替我去感知的简单触觉。

闻着楼下的花，我忽然想起自己手种的那几丛茉莉花来，于是爬上顶楼，昏暗中闻两下也就可以"闻香辨位"了，何况白色十分奇特，几乎带点荧光。暗夜中，仿佛有把尖锐的小旋刀，一旋便凿出一个白色的小坑。那凿坑的位置便是小白花从黑夜收回的失土，那小坑竟终能保持它自己的白。

原来每朵小白花都是白昼的遗民，坚持着前朝的颜色。

我把那些小花摘来放在我的案头，它们就一径香在那里。

我原以为天色会愈来愈暗，岂料不然。楼下即有路灯，我无须凿壁而清光自来。但行路却须稍稍当心，如果做"幽光实验"，弄得磕磕碰碰的，岂不功亏一篑？好在是自己的家，什么地方有什么东西，大致心里是知道的。

决定去洗澡，在幽暗中洗澡自可不关窗，不闭户，凉风穿牖，莲蓬头里涌出细密的水丝。普通话叫"莲蓬头"，粤语叫"花洒"，两个词眼都用得好。在香港冲凉（大概由于地处热带，广东人只会说"冲凉"，他们甚至可以说出"你去放热水好让我冲凉"的怪话来），我会自觉是一株给"花洒"浇透了的花。在台湾沐浴，我觉得自己是瑶池仙童，手握一柄神奇的"莲蓬"。

不知别人觉得人生最舒爽的刹那是什么时候，对我而言，是浴罢。沐浴近乎宗教，令人感觉尊重而自在。孔子请弟子各言其志，那叫点的学生竟说出"浴乎沂，风乎舞雩"的句子。耶稣受洗约旦河，待他自河中走上河岸，天地为之动容。经典上纪录那一刹那谓"当时圣灵降其身，恍若鸽子"。回教徒对沐浴，更视为无上圣事。印度教徒就更不必提了。

而我只是凡世一女子，浴罢静坐室中，虽非宗教教主，亦自雍容。把近日偶尔看到想起之事，一一重咀再嚼一遍。譬如说，因为答应编译馆要为他们编高中的诗选，选了一首王国维的《浣溪沙》，把那三句"试上高峰窥皓月，偶开天眼觑红尘，可怜身是眼中人"细细揣想，不禁要流泪。想大观园里的黛玉，因一句"如花美眷，似水流年"便痛彻心扉。人世间事大抵如此；人和人可以同处一室而水火不容，却又偶尔能与千年百年前的人相契于心，甚至将那人深贮在内心的泪泉从自己的目眶中流了出来。

黑暗中，我枯坐，静静地想着那谜一般的王国维，他为什么要投昆明湖呢？今年二月，我去昆明湖，湖极大，结了冰，仿佛冰原。有人推着小雪橇载人在冰上跑。冰上尖风如刀，我望着厚实的大湖，一径想："他为什么要去死呢？他为什么要去死呢？人要有多大的勇气才会去死呢？"

恍惚之间，也仿闻王国维讷讷自语："他们为什么要活着呢？他们得要有多大的耐心才能活下去呢？——在这庸俗崩解的时代。"

而思索是不需灯光的，我在幽光中坐着，像古代女子梳她们及地的乌丝，我梳理我内心的喜悦和恻痛。

我去泡茶，两边瓦斯口如同万年前的两堆篝火，一边供我烤焙茶叶，一边烧水。水开了，茶叶也焙香了。泡茶这事做起来稍微困难一点，因为要冲水入壶。好在我的茶壶不算太小，腹部的直径有十五公分，我惯于用七分乌龙加三分水仙，连泡五泡，把茶汤集中到另外一只壶里，拿到客厅慢慢啜饮。

我喝的茶大多便宜，但身为茶叶该有的清香还是有的，喝茶令人顿觉幸福，觉得上接五千年来的品位（穿丝的时候也是，丝织品触擦皮肤的时候令人意会到一种受骄纵的感觉，似乎嫘祖仍站在桑树下，用慈爱鼓励的眼神要我们把丝衣穿上），茶怎能如此好喝？它怎能在柔粹中亮烈，且能在枯寂处甘润，它像撒豆成兵的魔法，它在五分钟之内便可令一山茶树复活，茶香洌处，依然云缭雾绕，触目生翠。

有人喝茶时会闭目凝神，以便从茶叶的色相中逃离，好专心一意品尝那一点远馨。今晚，我因独坐幽冥，不用闭目而心神自然凝注，茶香也就如久经禁锢的精灵，忽然在魔法乍解之际，纷纷逸出。

电话铃响了，我去接。

曾有一位日本妇人告诉我，在日本，形容女人间闲话家常为"在井旁，边洗衣服边谈的话"，我觉得那句话讲得真好。

我和我的女伴没有井，我们在电话线上相逢，电话就算我们的井栏吧。她常用一只手为儿子摩背，另一只手拿着电话和我聊到深夜。

我坐在十五年前买的一把"本土藤椅"里，椅子有个名字叫"虎耳椅"，有着非常舒服的弧度，可惜这椅子现在已经买不到了。

适应黑暗以后，眼睛可以看到榉木地板上闪着柔和的反光。我和我的女伴有一搭没一搭地聊着，我为什么要开灯呢？完全没有这个必要啊！摸黑说话别有一种祥谧的安全感。祈祷者每每喜欢闭目，接吻的人亦然，不用灯不用光的世界自有它无可代替的深沉和绝美。我想聊天最好的境界应该是：星空下，两个垂钓的人彼此坐得不远不近，想起来，就说一句，不说的时候，其实也在说，而横亘在他们之间的，是温柔无边的黑暗。

丈夫忽然开门归来："哎呀！你怎么不开灯？"

"啪"的一声，他开了灯，时间是九点半。我自觉像一尾鱼，在山岩洞穴的无光处生存了四个半小时（据说那种鱼为了调适自己配合环境，全身近乎透明）。我很快乐，我的"幽光实验"进行顺利，黑暗原来是如此柔和润泽且丰沛磅礴的。我想我该把整个生活的调子再想一想，再调一调。也许，我虽然多年身陷都市的战壕，却仍能找回归路的。

后记：整个"幽光实验"其实都进行顺利，只是第二天清晨上阳台，一看，发现茉莉花还是漏摘了三朵，那三朵躲在叶子背后，算是我输给夜色的三枚棋子。

# 想要道谢的时刻

　　研究室里，我正伏案赶一篇稿子，为了抢救桃园山上一栋"仿唐式"木造建筑。自己想想也好笑，怎么到了这个年纪，拖儿带女过日子，每天柴米油盐烦心，却还是一碰到事情就心热如火呢？

　　正赶着稿，眼角余风却看到玻璃垫上有些小黑点在移动，我想，难道是蚂蚁吗？咦，不止一只哩，我停了笔，凝目去看，奇怪，又没有了，等我写稿，它又来了。我干脆放下笔，想知道这神出鬼没的蚂蚁究竟是怎么回事。

　　终于让我等到那黑点了，把它看清楚后我忍不住笑了起来，它们哪里是蚂蚁，简直天差地远，它们是鸟哩——不是鸟的实体，是鸟映在玻璃上的倒影。

于是我站起来，到窗口去看天，天空里有八九只纯黑色的鸟在回旋疾飞，因为飞得极高，所以只剩一个小点，但仍然看得出来有分叉式的尾巴，是乌鹙吗？还是小雨燕？

几天来因为不知道那栋屋子救不救得了，心里不免忧急伤恻，但此刻，却为这美丽的因缘而感谢得想顶礼膜拜，心情也忽然开朗起来。想想世上有几人能幸福如我，五月的研究室，一下子花香入窗，一下子清风穿户，时不时地我还要起身"送客"，所谓"客"，是一些笨头笨脑的蜻蜓，老是一不小心就误入人境，在我的元杂剧和明清小品文藏书之间横冲直撞，我总得小心翼翼地把它们送回窗外去。

而今天，撞进来的却是高空上的鸟影，能在映着鸟影的玻璃垫上写文章，是李白杜甫和苏东坡全然想象不出的佳趣哩！

也许美丽的不是鸟，也许甚至美丽的不是这繁锦般的五月，美丽的是高空鸟影偏偏投入玻璃垫上的缘会。因为鸟常有，五月常有，玻璃垫也常有，唯独五月鸟翼掠过玻璃垫上晴云的事少有，是连创意设计也设计不来的。于是转想我能生为此时此地之人，为此事此情而忧心，则这份烦苦也是了不得的机缘。文王周公没有资格为桃园神社担心，为它担心疾呼是我和我的朋友才有的权利！所以，连这烦虑也可算是一场美丽的缘法了。为今天早晨这不曾努力就获得的奇遇，为这不必要求就拥有的佳趣（虽然只不过是来了又去了的玻璃垫上的黑点），为那可以对自己安心一笑的体悟，我郑重万分地想向大化道一声谢谢。

# 山的春、秋记事

## 一　山坳里的春之画展

春天，我们应邀去看画展，邀请的人是太鲁阁公园管理处的处长，但我宁可视他为画廊经纪人。据说上一档展出的是油菜花，这一档则是桃花，作者都是同一个，名字叫"造化"。作者的脾气一向执拗，从来不肯宣布确实的展期，你只能约略知道似乎有动静了，甚至快要揭幕了，正在大家争走相告猜疑不定之际，忽然某个晴和的早晨，繁花满畦，你知道展览已经开始了。

其实更应该一提的也许是这画廊，百仞青山，千里涧水，勤读的清风翻阅每一页翠绿，照明设备

187

则只架两盏大灯，白天的那盏叫太阳，晚上的那盏叫月亮，终年展出，日夜不休。

只是画廊太长、太大、太深，这等手笔太不符合经济效益了吧？我们从清晨出发，一路走到中午，桃花才迟迟来入眼——令人惊喜的是上一档的油菜花尚未完全收起，这一档的桃花已经推出。桃花挂得高些，油菜花铺得低些，一个展览场竟作两番同步的展出，构想倒也新奇大胆。

这个地方叫陶塞村，和陶塞溪的河床相去不远，两个地方倒好像历史上的李白与杜甫或者苏东坡与姜白石，因为有其同样优美的才质，所以不知不觉拼命追求相异的面貌：

陶塞村在四月是粉红色的寝宫，桃花林下一路行来，只觉淡淡的胭脂在眉颊在歌啸在若有若无的风里晕开。

陶塞溪则相反，唯恐色调不够沉郁浑厚：黑色的巨石森森垒垒，起先你不知道何以要下笔如此滞重？及至坐久了，看那鲜碧如琉璃的急流一路喷沫含烟的往前蹿去，不免顿悟，非如此老老实实的纯洁黑色不足以托住那跳脱如仙裙的薄绿。

　　陶塞村的路径曲曲折折地往山头蜿蜒。

　　陶塞溪的水流一去无悔地往低处倾泻。

　　陶塞村是施了法的城堡，桃花在幻象中且开且落，寂然无声。连蜂媒蝶使也都似着了魔法，在催眠状态下往往返返。

　　陶塞溪却是一首永不歇拍的哗然的长歌。水是永不迸断的琴弦，山是永不摧坏的雁柱。一切凹入的岩穴谷地皆成共鸣箱，一切奇拔突起的山势皆如鼓钹镗锗，沸然扬声。

　　陶塞村与陶塞溪是如此相倚相重，而又如此刻意相反相成——如果你只识其中一个会觉得两者各自浑然无瑕，但如果认识了两个，便不免觉得两者如果少掉一个必是憾事。陶塞溪是护城河，圈住山头一片美的营垒，没有陶塞溪则城池不固。而桃花则是故垒中的公主，有了她，陶塞溪守护的职守才有其可以夸称的意义。

　　桃花其实年年重复，但却无一枝无一朵无一瓣无一蕊抄袭旧作。我见桃下有块苔痕斑斑的大石，便把麂皮旅行袋权作枕头横卧仰观，同伴因贪看溪景一时未至，我便独霸整个桃林的风光。桃花宜平视，亦宜仰望，平观是艳色潋滟，仰观则成法相庄严。当然，如果乘坐小飞机俯视亦无不可，但俯视却有点像神话故事里的云端童子，对着人间转眼零落的繁红盛绿，恐怕总不免悯然有泪吧？

——所以最好的应该是仰视了。闻说大匠米开朗基罗一生画教堂壁画，画到圆穹高处，只好翻身仰首而画，及至晚年，竟成习惯性的"仰面人"。人生能留下这样一个姿势，真是够凄凉也够豪壮了。

仰看桃花弥天漫地，在这悠悠如青牛的大石上，我觉得自己既是置身花事之中，又仿佛置身花事之外。繁花十里如火如炽之际，亦自娴静贞定。那红色真红得危险，那桃红再加热一度即可焚身，再冷凝一度又不免道学气，这四月桃花却行险侥幸，刚好在其间得大优游大自在。《诗经》中的桃花是男婚女嫁的情缘，民间传说中的桃枝却又可以驱鬼，而在王母娘娘的果园里垂其芬郁圆熟的也是此桃，想来这桃竟是可仙可道可以入世亦可以伏魔的异物。

故事中的汉武帝在七月七日深夜得见西王母，吃了两枚桃子，悄悄留下桃核想要去种，西王母笑了，（大约还带着促狭的神气吧！）她说："那桃三千年才结一次哩！你留着种子干吗？"

对于渴望成仙不朽的汉武帝而言，一切都来不及了，三千年结一次的桃，不是凡人可种来吃的。想来三千年间应该是一千年成树，两千年著花，三千年结果吧？假如当年汉武帝不甘心之余仍然偷偷在海上仙山种下它，至今刚好两千年，我该刚好赶上看了吧？其实仙桃之花也无非等于今年四月村子里此时此刻的桃花，或者此花本即仙种吧？但慧绝亦复痴绝的凡人刘彻呵，他为什么始终不能明白，人的不朽不在于食桃，而在于定目凝视那万千纷纭起落之余的一念敬畏。人能一旦震慑于美的无端无涯，威服于生命的涌动生发，亦即他终于近道之刹那了。

一阵风过处，汉唐渐远，急红入眼，一照面之

191

下彼此都知道对方是过眼的繁华吧？至于那乱落入书的，和诗行互映互衬之余都了解自己是宿慧一现吗？而桃花终于成为书本上的朱砂手批。桃花也是整个中国山川的点点朱批吧？

下山以后，电话里蒋勋说："我一直记得那条路，那天你的车在前，我的车在后，你斜歪着身子坐在后座，衣服在树下隐隐泛蓝，让我想起从前在台湾乡下，女孩子穿件蓝布衣裳，被人载着去出嫁。"

"他什么不好想，却想到要我去出嫁？"电话里我跟慕蓉转述，一面大笑，"我那时坐在人家摩托车后座，左边是时有落石的峭壁，右边是万丈深渊，自危都来不及呢！怎么会想出嫁！哎，而且叫我嫁给谁呢？嫁给春天吗？"

关于四月，关于桃花，每次在我乍然想起，几乎怀疑它们是虚构情节的时候，因为有朋友那番话，使我相信它是确实发生过的。

## 二　站在因月光而超载的危桥上

那地方叫文山，我们当时都站在吊桥上，一边一排，两相对立。月亮升上来，山林隐隐骚动起来，事情就这么单纯，可是我们却哗然一声静了下来，我说哗然，是因为那凝静里有着更巨大的喧哗。

使万物清朗的是秋天，化幽隐为透明的是满月，桥因超载月光而成为危桥，但我深深爱上那份危险。

我们站在吊桥上，你知道，所谓吊桥，就是一侧有山，另一侧也有山，而且下面还有溪涧深渊的那种东西。当时月亮亮得极无情，水亦流得极刚猛决然，人在桥上，虽然仗着人多势众，也不得不惶然凄然。我觉得自己像一只蜘蛛，垂悬在上不着天，下不着地的太虚里，不同的是蜘蛛自己结网，我却只能把生命交给那四根铁索。铁索微微晃漾，我也并不觉得不踏实，生命多少是一场走钢索，别人替你不得，别人扶你不得，你只能要求自己在极惊险的地方走得极漂亮稳当。和钢索相比，吊桥已够舒坦。山和山是安定的名词，吊桥是其间诚恳的连接词，而我，我是那欲有所述的述语。

只是一群人，只是一群人站在深山的吊桥上，只是那天晚上刚好有秋天圆满的月亮——就这么简单，可是，不止啊，我说不清楚，我能说的只是舞台布景，至于述之不尽的满溢的悲喜和激情，却又如何细说？

记得有次坐火车慢车赴屏东，车上有个枯干憔悴的男人，看样子是原住民，而且智力显然有障碍。但因他只自顾自地咿咿喔喔而并无攻击性，大家也就各自打盹发呆不去理他。不料忽然之间，车子一转，天际出现一道完整的彩虹，仿佛天国的拱门，万种华彩盈眉喷面而来。可怜那男子一跃而起，目瞪口呆，他在一个车厢里喜得前奔到后，后奔到前，去拉每个乘客的衣服，嘴里只会"啊——啊啊——啊——啊"地狂呼，手指却兴奋发抖反复直指那道长虹，他要每个人知道这开天辟地以来的第一次神迹。

知识有什么用呢？知识使人安然夷然，说：

"这是虹，因阳光折射而成，包含七种颜色。"

而那男子却因无知无识，亦无一个词眼一个句子可用，因而反倒可以手指直呼，直逼真相。他不假任何知识或成见去认识虹，他更没有本领向任何人讲述虹的知识，他当时大惊小怪，在车厢里失态乱叫的语言如果翻译出来也只是："快看、快看，我看到一个东西很好看，你也快看！"

但不知为什么，以后每看到虹，一切跟虹有关的诗歌、神话、传说都退远了，只剩那智障男子焦虑乱促的叫声，仿佛人被逼急了，不得不做出的紧急反应，他被什么所逼呢？是被那一道艳于一道的七叠美丽吗？

和那男子相比，我也有智力障碍吧？此时此际，月出自东山，月涌于深涧，众人在月下站着，亦复在月上站着。我欲寻一语不得，恨不得学那人从桥头跑到桥尾，从桥尾奔回桥头，手指口呼，用最简单最原始的"啊——啊啊——啊"来向世人直指这一片澄澈的天心。

又记得小时候和同伴月下嬉玩，她忽然说：

"你不可以指月亮，不然手指头会烂。"

"胡说！"我有点生气，"不信你明天看我手指烂不烂。"

当时虽然嘴硬，心里却不免兀自害怕，第二天看见自己十指俱全，竟有点劫后余生的欣喜。

事隔多年，如果今天再有孩子来问我，我会说：

"月亮可以用手指头'指'，但万万不可以用言语'指'述。"

真的不可指述，因为一说便错。

所以颠来倒去，我只能反复说，曾有一个晚上，秋月圆满无憾，有一群人站在群山万壑之间的一线凌虚架空的吊桥上。当是时，桥上是月，桥下亦是月（如果要列得更明细一点，桥上的月是固体的，桥下的月是流体的，反映在眉目衣袂间的则是气体的玉辉）。众人哑然，站在那条挂向两山间的悬空吊桥上，一如他们的一生，吊在既往和未知之间扯紧的枯绳上。

## 三　神出鬼没的山

如果我说"那些神出鬼没的山"，你会以为我在撒谎吗？

古人用词，实在有其大手段，例如他们喜欢用"明灭"。像王维说"寒山远火，明灭林外"倒还合理。韦应物诗"寒树依微远天外，夕阳明灭乱流中"也说得过去。但像杜甫说"回首凤翔县，旌旗晚明灭"就不免有印象派的画风，旗帜又不是发光体，如何忽明忽暗？柳宗元的游记大着胆子让风景成为"斗折蛇行，明灭可见"，朱敦儒的词更认为"千里水天一色，看孤鸿明灭"，仿佛那只鸟也带着闪光灯似的。

大概凡是美的事物，都有其闪烁迷离的性格，不但夕阳远火可以明灭，一切人和物都可以在且行且观的途中乍隐乍现，忽出忽没，而它的动人处便在这光线和形体的反复无常吧？山势亦然，闪烁飘忽处，竟如武林高手在逞其什么怪异的扑朔迷离的游走身法。你欲近不得欲远不得，忽见山如伏虎，忽闻水如飞龙。你如想拿笔记录，一阵云来雾往，仿佛那性格古怪的作者，写不上两行就喜欢涂上一堆"立可白"，把既有的一切来个彻底否认。一时之间山不山，水不水，人不人，我不我，叫人不仅对山景拿捏不定，回头对自己也要起疑了。

所以，如果我说那"神出鬼没的山"，其实是很诚实的。

那天清晨，来到这断崖崩壁前，朋友们拿起画笔时，我心里充满恶作剧的欲望。

"我在想，如果找到一根大棍子，我把你们每个人一棒槌打昏放在大麻袋里，神不知鬼不觉地把你们拖来这山上，"我一面说，一面盘算，自己高兴得大笑大叫，"然后骗你们说你们被绑架了，这里是四川了，这里便是李白《蜀道难》里'连峰去天不盈尺……砅崖转石万壑雷'的绝高绝美的地方，我相信你们个个都会相信。我骗你们说这里就是'峨眉天下秀'，我骗你们说，这里就是'可以横绝峨眉巅'的地方，你们绝对会相信，只要我找到一根大棍子，把你们一个个先打昏……"

"你这人也真奇怪，好端端的，为什么满心只想找根大棍子把我们一个个打昏……"蒋勋说得无限委屈，好像我真的手里握着大棍子似的。

对啊，我为什么如此杀气腾腾？只因在山里住了几天，就平添出山大王的草莽气味来了吗？不对，不对，我这根大棍子非比寻常，是老僧手里那"棒喝"之棒。一棍下去，结结实实，让人经过"震荡"以后，整个惊醒过来。我其实哪里是要打他们，我只是生气有人活到今天还不知道自己身在台湾可以纵目看到一流山水，我是个不时拿棒子打自己的人，我时时问自己：

"你能不能放弃那个旧我和旧经验，用全新的眼睛来看这个世界？"

巨幅的悬崖近乎黑色，洁净无瑕，和山民的皮肤同色调同肌理，看来是系出一个血源了。山与山耸立，森森戟戟如铜浇铁铸，但飞奔的碧涧却是个一缰在握的少年英雄，横冲直撞，活活地把整片的山逼得左右跳开，各自退出一丈远，一条河道于是告成。但这场战争毕竟也赢得辛苦，满溪都是至今

199

犹腾腾然的厮杀的烟尘和战马的喷沫……

　　同伴写生，我则负责发愣发痴，对于山水，我这半生来做的事也无非只是发愣发痴而已——也许还加一点反刍。其实反刍仍等于发愣，那是对昨日山水的发愣，坐在阳光下，把一路行来的记忆一茎一茎再嚼一遍，像一只馋嘴的羊。我想起白杨瀑布，竟那样没头没脑从半天里忽然浇下一注素酒，你看不出是从哪一尊壶里浇出来的，也看不懂它把琼浆玉液都斟酌到哪里去了。你只知道自己看到那美丽的飞溅，那在醉与不醉间最好的一段醺意。我且想起，站在桥墩下的巨石上，看野生的落花寂然坠水。我想起，过了桥穿岩探穴，穴中山泉如暴雨淋得人全身皆湿，而岩穴的另一端是一堵绿苔的长城，苔极软极厚极莹碧，那堵苔墙同时又是面水帘，窄逼的山径上，我拼命培养自己的定力，真怕自己万一被那鲜绿所惊所惑，失足落崖，不免成了最离奇的山难事件。我想起当时因为裙子仍湿，坐在那里晒太阳，一条修炼得身躯翡翠通碧的青蛇游移而来。阳光下，它美丽发亮如转动的玉石，如乍惊乍收的电光，我抬起脚来让它走，它才是真正的山岳之子，我一向于蛇了无恐惧，我们都不过是土地的借道者。

想着想着，忽觉阳光翕然有声，阳光下一片近乎透明的红叶在溪谷里被上升的气流托住了，久久落不下去，令人看着看着不免急上心来，不知它怎么了局。至于群山，仍神出鬼没，让人误以为它们是动物，并且此刻正从事大规模的迁移。

终于有人掷了画笔说：

"不画了，算了，画不成的。"

其他几人也受了感染，一个个仿佛找到好借口，都把画笔收了。我忽然大生幸灾乐祸之心，嘿嘿，此刻我不会画画也不算遗憾了，对着这种山水，任他是谁都要认输告饶的。

负责摄影的似乎比较乐观，他说：

"照山，一张是不行的，我多照几张拼起来给你们看看。"

他后来果真拼出一张大山景，虽然拼出来也不怎么样——我是指和真的山相比。

我呢，我对山的态度大概介乎两者之间吧，认真地说，也该掷笔投诚才行，但我不免仍想用拼凑法，东一角，西一角，或者勉强能勾山之魂，摄水之魄吧？让一小撮山容水态搅入魂梦如酒曲入瓮，让短短的一生因而甘烈芳醇吧。

# 归　去

　　终于到了，几天来白日谈着、夜晚梦见的地方。我还是第一次来到这重叠的深山中，只是我那样确切地感觉到，我并非在旅行，而是归返了自己的家园。

　　我已经很久没有像这次这样激动过了。刚踏入登山的阶梯，就被如幻的奇景震慑得憋不过气来。我痴痴地站着，双手掩脸，忍不住地想哭。参天的黛色夹道作声，粗壮、笔直而又苍古的树干傲然耸立。"我回来了，这是我的家。"我泪水微泛地对自己说，"为什么我们离别得这样久？"

　　一根古藤从危立的绝壁上挂下，那样悠然地垂止着，好像一点不觉察它自己的伟大，也一点不重视自己所经历的岁月。我伸手向上，才发现它距离我有多远。我松下手，继续忘神地仰视那突出的、像是要塌下来的、生满了蕨类植物的岩石。我的心忽然进入一个阴凉的岩穴里，浑然间竟忘记山下正是酷暑的季节。

疾劲的山风推着我，我被浮在稀薄的青烟里。我每走几步总忍不住要停下来，抚摩一下覆盖着苔衣的山岩，那样亲切地想到"苔厚且老，青草为之不生"的句子。啊，我竟是这样熟悉于我所未见的景象，好像它们每一块都是我家中的故物！

石板铺成的山径很曲折，但也很平稳。我尤其喜欢其中的几段——它们初看时和叠叠的石阶并无二致，仔细看去才知道是整块巨大的山岩被凿成的。那一棱一棱的、粗糙而又浑厚的雕工表现着奇妙的力，让我莫名地欢欣起来。好像一时之间我又缩小了，幼弱而无知，被抱在父亲粗硬多筋的双臂里。

依还落在后面，好几天来为了计划这次旅行，我们兴奋得连梦境都被扰乱了。而现在，我们已经确确实实地踏在入山的道路上，我多么惭愧，一向我总爱幻想，总爱事先替每一件事物勾出轮廓，不料我心目中的狮山图一放在真山的前面，就显得拙劣而又可笑了。那样重叠的、迂回的，深奥苍郁而又光影飘忽的山景竟远远地把我的想象抛在后面。我遂感到一种被凌越、被征服的快乐。

我们都坐在浓浓的树荫下——峙、茅、依和我——听蝉声和鸟声的协奏曲。抬头看天，几乎全被浓得拨不开的树叶挡住了。连每个人的眉宇间，也恍惚荡过一层薄薄的绿雾。

"如果有一张大荷叶，"我对峙说，"我就包一包绿回去，调成一盒小小的眼膏。"

他很认真地听着我，好像也准备参与一件具体的事业，"另外还要采一张小荷叶，包一点太阳的金色，掺和起来就更美了。"

我们的言语被呼啸的风声取代，入夏以来已经很久没有听过这样的风声了。刹那间，亿万片翠叶都翻作复杂的琴键，造物的手指在高低音的键盘间迅速地移动。山谷的共鸣箱将音乐翕和着，那样郁勃而又神圣，让人想到中古世纪教堂中的大风琴。

路旁有许多数不清的小紫花，和豌豆花很相像，小小的，作斛状，凝聚着深深的蓝紫。那样毫不在意地挥霍着她们的美，把整个山径弄得有如一张拜占庭的镶嵌画。

我特别喜欢而又带着敬意去瞻仰的，却是那巍然耸立的峭壁。它那漠然的意态，那神圣不可及的意象，让我忽然静穆下来。我真想分沾一点它的稳重、它的刚毅，以及它的超越。但我肃立了一会儿便默然离去了——甚至不敢用手碰它一下，觉得那样做简直有点亵渎。

走到山顶，已是黄昏了。竹林翳如，林鸟啁啾。我从来没有看过这样奇特的竹子。这样粗，这样高，而叶子偏又这样细碎。每根竹竿上都覆罩着一层霜状的白色细末，把那绿色衬得非常细嫩。猛然看去，倒真像国画里的雪竹。所不同的，只是清风过处，竹叶相击，平添了一阵环佩声。

我们终于到了海会庵。当家师父为我们安顿了住处，就又回厨房削瓜去了。我们在院中盘桓了一会，和另外的游客交谈几句。无意中一抬头，猛然接触到对面的山色。

"啊!"我轻轻叫了一声，带着敬畏和惊叹。

"什么事?"和我说话的老妇也转过身去。只见对面的山峰像着了火般地燃烧着，红艳艳地，金闪闪地，看上去有几分不真实的感觉，但那老妇的表情很呆滞，"天天日落时都是这样的。"她说完就走了。

我，一个人，立在斜阳里，惊异得几乎不能自信。"天父啊!"我说，"你把颜色调制得多么神奇啊! 世上的舞台灯光从来没有控制得这么自如的。"

吃饭的时间到了，我很少如此饿过。满桌都是素菜，倒也清淡可爱。饭厅的灯幽暗，有些很特殊的气氛。许多游客都向我们打听台北的消息，问我们是否有台风要来。

"台风转向好几天了，现在正热着呢!"

也许他们不知道，在那个酷热的城里，人们对许多可笑的事也热得可笑。

饭罢坐在庙前，看脚下起伏的层峦。残霞仍在燃烧着，那样生动，叫人觉得好像差不多可以听到火星子的噼啪声了。群山重叠地插着，一直伸延到看不见的远方。迷茫的白气氤氲着，把整个景色渲染得有点神话气氛。

山间八点钟就得上床了，我和依相对而笑。要是平日，这时分我们才正式开始看书呢！在通道里碰见当家师父，她个子很瘦小，脸上没有一点表情。

"您来这里多久了？"我说。

"唔，四五十年了。"

"四五十年？"我惊讶地望着她，"您有多大年岁？"

"六十多了。"她说完，就径自走开了。

我原没有料到她是那么老了，我以为她才四十呢！她年轻的时候，想必也是很娟秀的。难道她竟没有一些梦、一些诗、一些痴情吗？四五十年，多么漫长的岁月！其间真的就没有任何的牵挂、任何眷恋、任何回忆吗？钟鼓的声音从正殿传过来，低沉而悠扬。山间的空气很快地冷了，我忽然感到异样的凄凉。

第二天，依把我推醒，已经四点五十了。她们的早课已毕。我们走出正殿，茅和峙刚好看完了日出回来。原来我们还起得太晚呢！天已经全亮了，山景明净得像是今天早晨才新生出来的。朝霞已经漂成了素净的白色，无所事事地在为每一个山峰镶着边。

五点多，就开始吃早饭了。放在我面前的是一盘金色的苦瓜。吃起来有一些奇异的风味，依尝了一口，就不敢再试了。茅也闻了闻，断定是放了棘芥的叶子。棘芥？我还是第一次听到。嗅起来有一点类似茴香，嚼起来又近乎芫荽。我并不很喜欢那种味道，但有气味总比没气味好，这些年来让我最感痛苦的就是和一些"非之无举、刺之无刺"的人交往。他们没有颜色、没有形状、没有硬度，而且也没有气味。与其如此，何如在清风逡巡的食堂里，品尝一些有异味的苦瓜（这种朋友称之为棘芥的东西，现在回想起来，应是"九层塔"。）。

六点钟，我们就出发去找水帘洞了。天很冷，露水和松果一起落在我们的路上。鸟儿们跳着，叫着，一点没有畏人的习惯。我们看到一只绿头红胸的鸟，在凌风的枝头嘤鸣。它的全身都颤抖着，美丽的颈子四面转动。让我不由想起所罗门王所写的雅歌："不要惊动，不要叫醒我所亲爱的，等他自己情愿。"忽然，从很远的地方传来一阵微弱的呼应，那只鸟就像触电似的弹了出去。我仰视良久，只是一片浅色的蓝天和蔼地伸延着。

"它，不是很有风度吗?"我小声地说。

其余的三个人都笑了，他们说从来没听说过鸟有风度的。

转过几处曲折的山径，来到一个很深的峡谷，谷中种了许多矮小的橘树。想象中开花的季节，满山满谷都是香气，浓郁得叫人怎么消受呢? 幸亏我们没赶上那个季候，不然真有坠崖之虞呢!

峡谷对面叠着好几重山，在晨光中幻出奇异的色彩来。我们真是很浅薄的，平常我们总把任何形状、任何颜色的山都想象作一样的，其实它们是各自不同的。它们的姿容各异，它们叠合的趣味也全不相像。靠我们最近的一列是嫩嫩的黄绿色，看起来绒绒的、柔柔的。再推进去是较深的苍绿。有一种稳重而沉思的意味。最远的地方是透明而愉快的浅蓝。那样豁达，那样清澄，那样接近天空。我停下来，伫立了一会，暗暗地希望自己脚下能生出根来，好作一棵永远属于山、永远朝参着山景的小树。

已是七点了，我们仍然看不见太阳，恐怕是要到正午时分才能出现了。渐渐的，我们听到淙淙的水声。溪里的石头倒比水还多，水流得很缓慢，很优美。

"在英文里头，形容溪水的声音和形容情人的说话，用的是同样的状声词呢!"峙说。

"是吗?"我恋恋地望着那小溪，"那么我们该说流水喁喁了。"

转过一条小径，流水的喁喁逐渐模糊了。一棵野百合灿然地开着，我从来不认为有什么花可以同百合比拟。它那种高华的气质，那种脱俗的神韵，在我心里总象征着一些连我自己也不全然了解的意义。而此刻，在清晨的谷中，它和露而绽开了，完全无视于别人的欣赏。沉默、孤独，而又超越一切。在那盛开的一朵下面，悲壮地垂着四个蓓蕾。继第一朵的开放与凋落之后，第二朵也将接着开放，凋落。接着第三朵、第四朵……是的，它们将连续着在荒芜的谷中奉献它们的洁白的芳香。不管有没有人经过，不管有没有人了解。这需要怎样的胸襟！我不由想起王摩诘的句子"涧户寂无人，纷纷开且落"，以及孔子所说的"知其不可而为之"，心情不觉转变得十分激烈。

水声再度响起，这是一个狭窄的溪谷，水帘洞已经到了。洞沿上生着许多变种的小竹子，倒悬着像藤萝植物似的。水珠从上面滴下来，为石洞垂下许多串珠帘，把洞口的土地滴得有些异样，洞里头倒是很干燥。

溪谷里有很大的石头，脱了鞋可以从容地玩玩。水很浅，鱼虾来往优游。我在石上倚上好一会，发觉才是八点。如果在文明社会里，一切节目要现在才开始呢！想台北此刻必是很忙了。黏黏的柏油路上，挂着客满牌子的汽车又该衔尾急行了。

我们把带来的衣服洗好，挂在树枝上，便斜靠着石头看天空。太阳渐渐出来了，把山巅树木的阴影绘在溪底的大石头上。而溪水，也把太阳的回光反推到我们脸上来。山风把鸟叫、蝉鸣、笑声、水响都吹成模糊的一片。我忽然觉得自己也被搅在那声音里，昏昏然地飘在奇异的梦境之中。真的，再没有什么比自然更令人清醒，也再没有什么比自然更令人醺然。过了一会，我定神四望，发现溪水似乎是流到一个山缝里而被夹住了。那山缝看起来漆黑而森严，像是藏着一套传奇故事。啊！这里整个的景色在美丽中包含着魔术性。

太阳升得很高，溪谷突然明亮起来。好像是平缓的序曲结束了，各种乐器忽然奏起轻柔明快的音响，节拍急促而清晰。又好像是画册的晦暗封面被打开了，鲜丽的色彩猝然跃入视线，明艳得叫人几乎眩昏。坐在这种地方真需要一些定力呢！野姜花的香气从四面袭来，它距离我们只有一抬手的距离，我和依各采了一朵。那颜色白得很细致，香气

213

很淡远，枝干却显得很朴茂。我们有何等的荣幸，能掬一握莹白，抱一怀宁静的清芬。

回来的路上，天渐渐热了起来。回到庵中，午饭已经开出来了，笋汤鲜嫩得像果汁，四个人把一桌菜吃得精光。

下午睡足了起来看几页书，阳光很慵懒，流云松松散散地浮着。我支颐长坐，为什么它们美得这样闲逸？这样没有目的？我慢慢地看了几行传记，又忍不住地望着前前后后拥合的青山。我后悔没有带几本泰戈尔或是王摩诘的诗，否则坐在阶前读它们，岂不是等于念一本有插图注解的册子吗？

我们仍然坐着，说了好些傻话。茅偷偷摸摸地掏出个小包，打开一看，竟是牛肉干！我们就坐在对阿弥陀佛不远的地方嚼了起来。依每吃一块就惊然四顾，唯恐被发现。一路走向饭堂的时候，她还疑心那小尼姑闻到她口中的牛肉味呢。

晚饭后仍有几分夕阳可看。慢慢地，蓝天现出第一颗星。我们沿着昏黑的山径徐行，因为当家师父过寿，大小尼姑都忙着搓汤圆去了。听说要到十点才关门，我们也就放心前去。走到一处有石凳的地方，就歇下来看天。这是一个难得的星月皎洁的夜晚，月光如水，淹没了层峦，淹没了无边的夜，明亮得叫人不能置信。看那种挥霍的气派，好像决心要在一夜之间把光明都拼尽似的。"我担心明夜不再有月华了。"我喃喃地说，"不会有了，它亮得太过分。"

"不用过虑，"峙说，"只是山太高太接近月亮的缘故吧！"

真的，山或许是太高了，所以月光的箭镞才能射得这么准。

晚上回来，圆圆的月亮仍旧在窗框子里，像是被法术定住了。我忍不住叫侬和我一起看，渐渐的，月光模糊了，摇晃了，隐退了，只剩下一片清梦。

早晨起来，沿着花生田去爬山，居然也找到几处没有被题名的胜景。我们发现一个很好的观望台，可以俯视灵塔和附近的一带松林。那松林本来就非常高，再加上那份昂然的意象，看来好像从山谷底下一直冲到山峰顶上去了。弄得好像不是我们在俯视它，倒是它在俯视我们了。风很猛，松树的气味也很浓烈。迎风长啸，自觉豪情万千。

"下次，"峙说，"我们再来找这个地方！"

"恐怕找不着了，"我一面说，一面留恋地大口呼吸着松香，"这样的曲径，只能够偶然碰着，哪里能够轻易找到呢？"

真的，那路很难走——我们寻出来的时候就几乎迷路。

到了庵中，收拾一下，就匆匆离去了。我们都是忙人，我们的闲暇不是偷来的，就是抢来的。

下山的阶梯长长地伸延着，每一步都带我走向更低下的位置。

我的心突然觉得悲楚起来，"为什么我不能长远归家？为什么我要住在一个陌生多市尘的大城里？"群山纠结着，苍色胶合着，没有一声回音。

在路旁不远的地方，峙站着，很小心地用一张棉纸包一片很嫩的新叶，夹进书页中，然后又紧紧地合上了。我听见他在唱一首凄美的英文歌："当有一天，我已年老不爱梦幻，有你，可资我怀念。当有一天，我已年老不爱梦幻，你的爱情仍停留我心间。"

我慢慢地走下去，张开的心页逐渐合拢了。里面夹着的除了嫩叶的颜色以外，还有山的郁绿、风的低鸣、水的弦柱、月的水银，连同松竹的香气，以及许多模模糊糊、虚虚实实的美。

那欢声仍在风的余韵中回响着，我感到那本夹着许多记忆的书，已经被放置在雕花的架上了。啊，当我年老，当往事被尘封，它将仍在那里，完整而新鲜，像我现在放进去的一样。

# Chapter6
## 题库中的陆游

世上总没有一生八十年，一年三百六十五天，一天二十四小时的『爱国诗人』，陆游只是写他的诗，只是记录他的心情，至于分类，陆游何尝知道自己已经贴上标签，分类归档，准备拿去题库里当一条很好的选择题。

# 念你们的名字

## ——寄阳明医学院大一新生

孩子们，这是八月初的一个早晨，美国南部的阳光舒迟而透明，流溢着一种让久经忧患的人鼻酸的、古老而宁静的幸福。助教把期待已久的发榜名单寄来给我，一百二十个动人的名字，我逐一地念着，忍不住覆手在你们的名字上，为你们祈祷。

在你们未来漫长的七年医学教育中，我只教授你们八个学分的国文，但是，我渴望能教你们如何做一个人——以及如何做一个中国人。

我愿意再说一次，我爱你们的名字，名字是天下父母满怀热望的刻痕，在万千中国文字中，他们所找到的是一两个最美丽最醇厚的字眼——世间每一个名字都是一篇简短质朴的祈祷！

"林逸文"、"唐高骏"、"周建圣"、"陈震寰"，你们的父母多么期望你们是一个出类拔萃的孩子。"黄自强"、"林进德"、"蔡笃义"，多少伟大的企盼在你们身上。"张鸿仁"、"黄仁辉"、"高泽仁"、"陈宗仁"、"叶宏仁"、"洪仁政"，说明了儒家传统对仁德的向往。"邵国宁"、"王为邦"、"李建忠"、"陈泽浩"、"江建中"，显然你们的父母曾把你们奉献给苦难的中国。"陈怡苍"、"蔡宗哲"、"王世尧"、"吴景农"、"陆恺"，含蕴着一个古老圆融的理想。我常惊讶，为什么世人不能虔诚地细味另一个人的名字？为什么我们不懂得恭敬地省察自己的名字？每一个名字，不论雅俗，都自有它的哲学和爱心。如果我们能用细腻的领悟力去叫人的名字，我们便能学会更多的互敬和互爱，这世界也可以因此更美好。

这些日子以来，也许你们的名字已成为乡梓邻里间一个幸运的符号，许多名望和财富的预期已模模糊糊和你们的名字联在一起，许多人用钦慕的眼光望着你们，一方无形的匾已悬在你们的眉际。有一天，"医生"会成为你们的第二个名字，但是，孩子们，什么是医生呢？一件比常人更白的衣服？一笔比平民更饱胀的月入？一个响亮荣耀的名字？孩子们，在你们不必讳言的快乐里，抬眼望望你们未来的路吧！

　　什么是医生呢？孩子们，当一个生命在温湿柔韧的子宫中悄然成形时，你，是第一个宣布这神圣事实的人。当那蛮横的小东西在尝试转动时，你，是第一窥得他在另一个世界的心跳的人。当他陡然冲入这世界，是你的双掌，接住那华丽的初啼。是你，用许多防疫针把成为正常的权利给了婴孩。是你，辛苦地拉动一个初生儿的船纤，让他开始自己的初航。当小孩半夜发烧的时候，你是那些母亲理直气壮打电话的对象。一个外科医生常像周公旦一样，是一个在简单的午餐中三次放下食物走入急救室的人。有的时候，也许你只需为病人擦一点红汞水，开几颗阿司匹林，但也有时候，你必须为病人切开肌肤，拉开肋骨，拨开肺叶，将手术刀伸入一颗深藏在胸腔中的鲜红心脏。你甚至有的时候必须忍受眼看血癌吞噬一个稚嫩无辜的孩童而束手无策的裂心之痛！一个出名的学者来见你的时候，可能只是一个脾气暴烈的牙痛病人，一个成功的企业家来见你的时候，可能只是一个气结的哮喘病人。一个伟大的政治家来见你的时候，也许什么都不是，他只剩下一口气，拖着一个中风后的瘫痪的身体。挂号室里美丽的女明星，或者只是一个长期失眠的、神经衰弱的、有自杀倾向的患者——你陪同病人经过生命中最黯淡的时刻，你倾听垂死者最后的一声呼吸，探察他最后的一槌心跳。你开列出生证明书，你在死亡证明书上签字，你的脸写在婴儿初闪的瞳仁中，也写在垂死者最后的凝望里。你陪同人类走过生、老、病、死，你扮演的是一个怎样的角色啊！一个真正的医生怎能不是一个圣者！

事实上，作为一个医者的过程正是一个苦行僧的过程，你需要学多少东西才能免于自己的无知，你要保持怎样的荣誉心才能免于自己的无行，你要几度犹豫才能狠下心拿起解剖刀切开第一具尸体，你要怎样自省才能在千万个病人之后免于职业性的冷静和无情。在成为一个医治者之前，第一需要被医治的，应该是我们自己。在一切的给予之前，让我们先成为一个"拥有"的人。

孩子们，我愿意把那则古老的"神农氏尝百草"的神话再说一遍。《淮南子》上说："古者民茹草饮水，采树木之实，食蠃蜓之肉，时多疾病毒伤之害，于是神农乃始教民播种五谷……尝百草之滋味，水泉之甘苦，令民知所辟就，当此之时，一日而遇七十毒。"

神话是无稽的，但令人动容的是一个行医者的投入精神，以及那种人饥己饥、人溺己溺、人病己病的同情。身为一个现代的医生当然不必一天中毒七十余次，但贴近别人的痛苦，体谅别人的忧伤，以一个单纯的"人"的身份，恻然地探看另一个身罹疾病的"人"，仍是可贵的。

记得那个"悬壶济世"的故事吗？"市中有老翁卖药，悬一壶于肆头，及市罢，辄跳入壶中，市人莫之见。"——那老人的药事实上应该解释成他自己。孩子们，这世界上不缺乏专家，不缺乏权威，缺乏的是一个"人"，一个肯把自己给出去的人。当你们帮助别人时，请记得医药是有时而穷的，唯有不竭的爱能照亮一个受苦的灵魂。古老的医术中不可缺的是"探脉"，我深信那样简单的动作里蕴藏着一些神秘的象征意义，你们能否想象用一个医生敏感的指尖去采触另一个人的脉搏的神圣画面？

因此，孩子们，让我们自怵自惕，让我们清醒地推开别人加给我们的金冠，而选择长程的劳瘁。诚如耶稣基督所说："非以役人，乃役于人。"真正伟人的双手并不浸在甜美的花汁中，它们常忙于处理一片恶臭的脓血。真正伟人的双目并不凝望最翠拔的高峰，它们低俯下来看一个卑微的贫民的病容。孩子们，让别人去享受"人上人"的荣耀，我只祈求你们善尽"人中人"的天职。

我曾认识一个年轻人，多年后我在纽约遇见他，他开过出租车，做过跑堂，试过各式各样的生存手段——他仍在认真地念社会学，而且还在办杂志。一别数年，恍如隔世，但最安慰的是当我们一起走过曼哈顿的时候，他无愧地说："我抱持着我当年那一点对人的好奇，对人的执着。"其实，不管我们研究什么，可贵的仍是那一点点对人的诚意。我们可以用赞叹的手臂拥抱一千条银河，但当那灿烂的光流贴近我们的前胸，其中最动人的音乐仍是一分钟七十二响的雄浑坚实如祭鼓的人类的心跳！孩子们，尽管人类制造了许多邪恶，人体还是天真的可尊敬的奥秘的神迹。生命是壮丽的、强悍的，一个医生不是生命的创造者——他只是协助生命神迹保持其本然秩序的人。孩子们，请记住你们每一天所遇见的不仅是人的"病"，也是病的"人"，人的眼泪，人的微笑，人的故事，孩子们，这是怎样的权利！

　　长窗外是软碧的草茵，孩子们，你们的名字浮在我心中，我浮在四壁书香里，书浮在黯红色的古老图书馆里，图书馆浮在无际的紫色花浪间，这是一个美丽的校园。客中的岁月看尽异乡的异景，我所缅怀的仍是台北三月的杜鹃。孩子们，我们不曾有一个古老幽美的校园，我们的校园等待你们的足迹使之成为美丽。

孩子们，求全能者以广大的天心包覆你们，让你们懂得用爱心去托住别人。求造物主给你们内在的丰富，让你们懂得如何去分给别人。某些医生永远只能收到医疗费，我愿你们收到的更多——我愿你们收到别人的感念。

念你们的名字，在乡心隐动的清晨。我知道有一天将有别人念你们的名字，在一片黄沙飞扬的乡村小路上，或者曲折迂回的荒山野岭间，将有人以祈祷的嘴唇，默念你们的名字。

# "你的侧影好美!"

　　中午在餐厅吃完饭，我慢慢地喝下那杯茶，茶并不怎么好，难得的是那天下午并没有什么赶着做的事，因此就慢慢地一口一口地啜着。

　　柜台那里有个女孩在打电话，这餐厅的外墙整个是一面玻璃，阳光流泻一室。有趣的是那女孩的侧影便整个印在墙上，她人长得平常，侧影却极美。侧影定在墙上，像一幅画。

　　我坐着，欣赏这幅画，奇怪，为什么别人都不看这幅美人图呢？连那女孩自己也忙着说个不停，她也没空看一下自己美丽的侧影。而侧影这玩意其实也很诡异，它非常不容易被本人看到。你一转头去看它，它便不是完整的侧影了，你只能斜眼去偷瞄自己的侧影。

我又坐了一会，餐厅里的客人或吃或喝——他们显然都在做他们身在餐厅该做的事。女孩继续说个不停，我则急我的事，我的事是什么事呢？我在犹豫要不要跑去告诉那女孩关于她侧影的事。

她有一个极美的侧影，她自己到底知道不知道呢？也许她长到这么大都没人告诉过她，如果我不告诉她，会不会她一生都不知道这件事？

但如果我跑去告诉她，她会不会认为我神经兮兮，多管闲事？

我被自己的假设苦恼，而女孩的电话看样子是快打完了。我必须趁她挂上电话却犹站在原来位置的时候告诉她。如果她走回自己座位我再拉她站回原地去表演侧影，一切就不再那么自然了。

我有点气自己，小小一件事，我也思前想后，拿捏不出个主意来。啊！干脆老实承认吧！我就是怕羞，怕去和陌生人说话，有这毛病的也不只我一个人吧！好，管他呢，我且站起来，走到那女孩背后，破釜沉舟，我就专等她挂电话。

她果真不久就挂了电话。

"小姐!"我急急叫住她,"我有一件事要告诉你……"

"喔……"她有点惊讶,不过旋即打算听我的说辞。

"你知道吗?你的侧影好美,我建议你下次带一张纸、一支笔,把你自己在墙上的侧影描下来……"

"啊!谢谢你告诉我。"她显然是惊喜的,但她并没有大叫大跳。她和我一样,是那种含蓄不善表达的人。

我走回座位,吁了一口气。我终于把我要说的说了,我很满意我自己。

"对!其实我这辈子该做的事就是去告诉别人他所不知道的自己的美丽侧影。"

# 除了卡雷拉斯，你也得听听喷嚏

开车，在下班时分，在台北，真是一无乐趣——除了听音乐。音乐是电台里播出的《圣母颂》。世界三大男高音，卡雷拉斯本来算一个，却不幸病了。病后的卡雷拉斯，唱大曲子也许少了点回肠荡气、纵横捭阖的本钱，但多了点安谧清澄和身世沧桑之感。唱宗教曲子，或某些安静的小品，在我听来反而多了一层苦寂落寞之胜。其值得细味之处，尤在帕瓦罗蒂和多明戈之上。

有时候，原来健康和顺境也是一"障"，太顺遂的人，没有和死亡直接缠斗过的，他那金声玉振的高鸣中往往少了一点什么。

卡雷拉斯，《圣母颂》，纯净如童子的眼神，无欲无求，只一瓣心香。小小的车厢里，此时也自有天籁。

停好车，上公寓四楼，直奔厨房，《圣母颂》中的马利亚不知煮饭不煮饭？大概是煮的吧？不然小耶稣吃什么？圣母煮饭的时候不知是不是神闲气定如西洋名画上画的那样，还是大呼小叫蓬头垢面，如我？

我的厨房在屋子后面，望出去是另一排人家的厨房，我知道五楼晒几竿衣服，也知道三楼在蒸宁式臭豆腐。

忽然，后巷传来一阵老女人的喷嚏声，唉，我忍不住叹了一声。这后巷本有一个老男人，成天没日没夜地打着惊天动地的喷嚏，最近不知怎么的，居然不闻此声久矣。不知是给什么回春妙手治愈了，还是去了帝苑仙乡，从此不再受此"喷嚏皮囊"之苦？

但今天也怪，怎么平白又冒出一个爱打喷嚏的老女人？天哪，我的耳朵是倒了什么霉，不是才听了那种霞光万丈的《圣母颂》吗？怎么此刻又落入凡尘，竟来听这一声接一声的喷嚏！其实，打喷嚏的人只要小心捂住口鼻，至少可以减少七成的音量，偏偏这两位老男老女都喜欢痛快淋漓，直抒胸臆，真真是"嚏不惊人死不休"！

我洗芥菜，我淘米，我打蛋，我切卤猪舌，那老女人恍如站在我身边，一声声把她那奇异的音响传入我耳中。不是有首李清照的词叫《声声慢》吗？这老女人送来的却是"声声厉"。

唉！我愣愣地站在厨房里，想不出任何一种方法可以解决这场不大不小的苦难。


我只有告诉自己：

"谁说耳朵都是拿来听卡雷拉斯的？你有时也得听听近邻的喷嚏呢！"

"谁告诉你眼睛都有权利一直看青山绿水？倒起霉来你也只好望着隔壁晾晒的尿布。"

想想看，如果地球毁灭了，你从劫灰中挣扎爬起，忽然听到身后一声喷嚏，那时候，或者也会喜极泪下吧？我终于说服了自己，在双耳不断遭凌迟之际，我还是把一锅清甜的笋汤炖好了。

# 题库中的陆游

问学生陆游是谁，他们自有标准答案，那答案是："南宋爱国诗人。"

你不能说他们错，却知道，他们也绝对不对。

好好一个陆放翁，结结棍棍①地活过八十多年，在疆场披霜，在情场流泪，写下上万首的诗，小词也填得沁人肺腑。这样一个人，岂肯被你一句"南宋爱国诗人"六个字套牢。

然而这是一个粗鄙无文的时代，大多数的人急着把自己或别人归类，归了类，就做完了选择题，就可以心安了（天知道啊，至少我自己这半生就努

---

① 编者注：结棍，上海及江浙一带方言，表示"严重"、"厉害"、"强壮"、"激烈"的意思。

力不让人家轻易把我给拨进某一队里去，更不要挂上某一番号）。

那人是活到七十八岁，犹然为满山梅花惊动得不安的灵魂，写下"何方可化身千亿，一树梅花一放翁"的句子。那时候，如果你问他：

"陆游，你是谁?"

他会说：

"我是想化身千万而不得的凡人，如果可能，我希望我是一万个陆游的集合体，我希望我随时可以散开，散到四山去，在每一棵老梅下放一个陆游——而每一个陆游都是梅花之美的俘虏。你问我是谁? 我是花臣酒卒。"

晚年，他是行走在村头社尾的一个老头：

"儿童共道先生醉，折得黄花插满头。"

此时，你如大叫一声：

"喂，老头，你是谁呀?"

他会说：

"我是那些小鬼捉弄的对象，他们很快乐，因为看到我喝醉了，便插我一头野花来害我出糗——

我也很快乐，我这辈子从来不好意思自己插花戴朵。现在装装醉，装装被他们陷害，体会一下满头插花的快乐——哈，我是谁？我是一个老骗子呢!"

世上总没有一生八十年，一年三百六十五天，一天二十四小时的"爱国诗人"，陆游只是写他的诗，只是记录他的心情，至于分类，陆游何尝知道自己已经贴上标签，分类归档，准备拿去题库里当一条很好的选择题。

# 没有一个长得像小魔鬼

坐夜间飞机往西半球飞去其实是个好主意。一觉醒来，人家已替你把旅途完成。而且，譬如说，二月二十八日起飞，人落了地，仍是二月二十八日。啊！当此之际不免觉得自己好像驾驭了某种魔法，突然一眨眼之间便横越万里关山，绕到地球另一面来了。古人说，朝发夕至，我却是朝发朝至呢！

不过，当然，这一切好感觉都必须建立在一个基础上：那就是，当天晚上，你必须睡得沉稳甜蜜。如果一夜无眠，那第二天就够你好看了。

最近一次，我坐飞机不幸没有碰上好运气，才刚睡了一忽儿，就开始听到好几个小儿的哭声。那种感觉十分怪异，仿佛有两个巨人在拔河，其中一个叫"困倦"，另一个叫"惊醒"，而我则是那根倒霉的绳子。我有时被扯到"困境"里，随波沉浮，不知所止。一会儿又被尖拔的声音刺中，像一个遭妖魔提着头发拎起来凝视的囚徒，一时急得两腿乱蹬。

就在那样半醒半睡的蒙昧状态下，我心里发狠骂道：

"是哪一家讨厌的小魔鬼啊！等天亮了我一定要好好瞪他一眼。"

终于结束了一场睡得不明不白的觉，空中小姐忙忙碌碌地来分早餐。我站起身来巡视四境，原来小娃娃的数目还不少，其中大部分都是老外的，我一个个仔细地看他们的脸，想用"看相"的方法找出昨夜的"元凶"。

也不知是不是因为空气中充满好闻的食物香味，那些烘烤面包的气味，橘子汁或果酱的气味，牛奶和煎蛋的气味……此刻居然每个小孩都是笑眯眯的。而且，每个孩子都抱在母亲怀里，个个看来都像西洋名画里的圣母圣婴图。

"究竟谁是昨天晚上那个该死的小魔鬼呢？"

我反复盯着他们的小脸看，就是找不出一个来。更要命的是：他们一点不知道我此刻巡视的目的，在我盯着他们看的时候，他们居然友善地回望着我，大眼睛晶晶亮亮，里面漾满不设防的天真笑意。天啊，他们不单不是小魔鬼，他们简直个个都是天使呢！

要不是因为飞机是密闭的，我真会以为昨天晚上哭闹的小魔鬼另有其人，他们此刻已经走了，而现在这批小娃娃是新来的。

回到座位上，我不禁笑了，回想自己抚育婴儿的经验，小孩的确是集魔鬼和天使于一身的一种奇怪生物。圣人之所以被"性善说"、"性恶说"弄得糊里糊涂，很可能就是因为他们弄不清自家娃娃究竟是小天使还是小魔鬼。

不过，话也说回来，关于成人——也就是大号婴儿这种生物——又有几个不是集魔鬼与天使于一身的呢?

# 敬畏生命

　　那是一个夏天的长得不能再长的下午，在印第安纳州的一个湖边。我起先是不经意地坐着看书，忽然发现湖边有几棵树正在飘散一些白色的纤维。大团大团的，像棉花似的，有些飘在草地上，有些飘入湖水里。我当时没有十分注意，只当是偶然风起所带来的。

　　可是，渐渐地，我发现情况简直令人吃惊。好几个小时过去了，那些树仍旧浑然不觉地在飘送那些小型的云朵，倒好像是一座无限的云库似的。整个下午，整个晚上，漫天都是那种东西。第二天的情形完全一样，我感到诧异和震撼。

　　其实小学的时候就知道有一类种子是靠风力吹

动纤维播送的。但也只是知道一道测验题的答案而已。那几天真的看到了，满心所感到的是一种折服，一种无以名之的敬畏。我几乎是第一次遇见生命——虽然是植物的。

我感到那云状的种子在我心底强烈地碰撞上什么东西。我不能不被生命豪华的、奢侈的、不计成本的投资所感动。也许，在不分昼夜地飘散之余，只有一颗种子足以成荫，但造物主乐于做这样惊心动魄的壮举。

我至今仍然在沉思之际想起那一片柔媚的湖水，不知湖畔那群种子中有哪一颗成了小树。至少，我知道，有一颗已经成长。那颗种子曾遇见了一片土地，在一个过客的心之峡谷里蔚然成荫，教会她怎样敬畏生命。

# 你不能要求简单的答案

年轻人啊，你问我说：

"你是怎样学会写作的?"

我说：

"你的问题不对，我还没有'学会'写作，我仍然在'学'写作。"

你让步了，说：

"好吧，请告诉我，你是怎么学写作的?"

这一次，你的问题没有错误，我的答案却仍然迟迟不知如何出手，并非我自秘不宣——但是，请想一想，如果你去问一位老兵：

"请告诉我，你是如何学打仗的?"

——请相信我，你所能获致的答案绝对和"驾车十要"或"计算机入门"不同。有些事无法作简单的回答，一个老兵之所以成为老兵，故事很可能要从他十三岁那年和弟弟一齐用门板扛着被日本人炸死的爹娘去埋葬开始，那里有其一生的悲愤郁结，有整个中国近代史的沉痛、伟大和荒谬。不，你不能要求简单的答案，你不能要一个老兵用明白扼要的字眼在你的问卷上做填充题，他不回答则已，如果回答，就必须连着他一生的故事。你必须同时知道他全身的伤疤，知道他的胃溃疡，知道他五十年来朝朝暮暮的豪情与酸楚……

年轻人啊，你真要问我跟写作有关的事吗？我要说的也是：除非我不回答你，要回答，其实也不免要夹上一生啊（虽然一生并未过完）！一生的受苦和欢悦，一生的痴意和决绝忍情，一生的有所得和有所舍。写作这件事无从简单回答，你等于要求我向你述说一生。

两岁半，年轻的五姨教我唱歌，唱着唱着，我就哭了，那歌词是这样的：

"小白菜呀，地里黄呀，三两岁上呀，没有娘

呀……生个弟弟比我强呀……弟弟吃面，我喝汤呀
……"

我平日少哭，一哭不免惊动妈妈，五姨也慌
了，两人追问之下，我哽咽地说出原因：

"好可怜啊，那小白菜，晚娘只给她喝汤，喝
汤怎么能喝饱呢？"

这事后来成为家族笑话，常常被母亲拿来复
述，我当日大概因为小，对孤儿处境不甚了然，同
情的重点全在"弟弟吃面她喝汤"的层面上，但就
这一点，后来我细想之下，才发现已是"写作人"
的根本。人人岂能皆成孤儿而后写孤儿？听孤儿的
故事，便放声而哭的孩子，也许是比较可以执笔的
吧。我当日尚无弟妹，在家中娇宠恣纵，就算逃
难，也绝对不肯坐人挑筐。挑筐因一位挑夫可挑前
后两箩筐，所以比较便宜。千山迢递，我却只肯坐
两人合抬的轿子，也算是一个不乖的小孩了。日后
没有变坏，大概全靠那点善于与人认同的性格。所
谓"常抱心头一点春，须知世上苦人多"的心情，
恐怕是比学问、见解更为重要的人之所以为人的本

源。当然它也同时是写作的本源。

七岁，到了柳州，便在那里读小学三年级。读了些什么，一概忘了，只记得那是一座多山多水的城，好吃的柚子堆在浮桥的两侧卖。桥在河上，河在美丽的土地上。整个逃离的途程竟像一场旅行。听爸爸一面算计一面说："你已经走了大半个中国啦！从前的人，一生一世也走不了这许多路的。"小小年纪当时心中也不免陡生豪情侠义。火车在山间蜿蜒，血红的山踯躅开得满眼，小站上有人用小砂甑焖了香肠饭在卖，好吃得令人一世难忘。整个中国的大苦难我并不了然，知道的只是火车穿花而行，轮船破碧疾走，一路懵懵懂懂南行到广州，仿佛也只为到水畔去看珠江大桥，到中山公园去看大象和成天降下祥云千朵的木棉树……

那一番大搬迁有多少生离死别，我却因幼小只见山河的壮阔，千里万里的异风异俗。某一夜的山月，某一春的桃林，某一女孩的歌声，某一城垛的黄昏，大人在忧思中不及一见的景致，我却一一铭记在心，乃至一饭一蔬一果，竟也多半不忘。古老民间传说中的天机，每每为童子见到，大约就是因为大人易为思虑所蔽。我当日因为浑然无知，反而直窥入山水的一片清机。山水至今仍是那一砚浓色的墨汁，常容我的笔有所汲饮。

小学三年级，写日记是一个很痛苦的回忆。用毛笔，握紧了写（因为母亲常绕到我背后偷抽毛笔，如果被抽走了，就算握笔不牢，不合格）。七岁的我，哪有什么可写的情节，只好对着墨盒把自己的日子从早到晚一遍遍地再想过。其实，等我长大，真的执笔为文，才发现所写的散文，基本上也类乎日记。也许不是"日记"而是"生记"，是一生的记录。一般的人，只有幸"活一生"，而创作的人，却能"活两生"。第一度的生活是生活本身；第二度是运用思想再追回它一遍，强迫它复现一遍。萎谢的花不能再艳，磨成粉的石头不能重坚，写作者却能像呼唤亡魂一般把既往的生命唤回，让它有第二次的演出机缘。人类创造文学，想来，目的也即在此吧？我觉得写作是一种无限丰盈的事业，仿佛别人的卷筒里填塞的是一份冰淇淋，而我的，是双份，是假日里买一送一的双份冰淇淋，丰盈满溢。

也许应该感谢小学老师的，当时为了写日记把日子一寸寸回想再回想的习惯，帮助我有一个内省的深思人生。而常常偷偷来抽笔的母亲，也教会我一件事：不握笔则已，要握，就紧紧地握住，对每一个字负责。

八岁以后，日子变得诡异起来，外婆猝死于心脏病。她一向疼我，但我想起她来却只记得她拿一根筷子、一片铜制钱，用棉花自己捻线来用。外婆从小出身富贵之家，却勤俭得像没隔宿之粮的人。其实五岁那年，我已初识死亡，一向带我的佣人在南京因肺炎而死，不知是几"七"，家门口铺上炉灰，等着看他的亡魂回不回来，铺炉灰是为了检查他的脚印。我至今几乎还能记起当时的惧怖，以及午夜时分一声声凄厉的狗号。外婆的死，再一次把死亡的剧痛和荒谬呈现给我，我们折着金箔，把它吹成元宝的样子，火光中我不明白一个人为什么可以如此彻底消失了。葬礼的场面奇异诡秘，"死亡"

一直是令我恐惧乱怖的主题——我不知该如何面对它。我想，如果没有意识到死亡，人类不会有文学和艺术。我所说的"死亡"，其实是广义的，如即聚即散的白云，旋开旋灭的浪花，一张年头鲜艳年尾破败的年画，或是一支心爱的自来水笔，终成破蔽。

文学对我而言，一直是那个挽回的"手势"。果真能挽回吗？大概不能吧？但至少那是个依恋的手势，强烈的手势，照中国人的说法，则是个天地鬼神亦不免为之愀然色变的手势。

读五年级的时候，有个陈老师很奇怪地要我们几个同学来组织一个"绿野"文艺社。我说"奇怪"，是因为他不知是有意或无意的，竟然丝毫不拿我们当小孩子看待。他要我们编月刊；要我们在运动会里做记者并印发快报；他要我们写朗诵诗，并且上台表演；他要我们写剧本，而且自导自演。我们在校运会中挂着记者条子跑来跑去的时候，全然忘了自己是个孩子，满以为自己真是个记者了，现在回头去看才觉好笑。我如今也教书，很不容易把学生看作成人，当初陈老师真了不起，他给我们的虽然只是信任而不是赞美，但也够了。我仍记得白底红字的油印刊物印出来之后，我们去一一分派的喜悦。

我间接认识一个名叫安娜的女孩，据说她也爱诗。她要过生日的时候，我打算送她一本《徐志摩诗集》。那一年我初三，零用钱是没有的，钱的来源必须靠"意外"，要买一本十元左右的书因而是件大事。于是我盘算又盘算，决定一物两用。我打算早一个月买来，小心地读，读完了，还可以完好如新地送给她。不料一读之后就舍不得了，而霸占礼物也说不过去，想来想去，只好动手来抄，把喜欢的诗抄下来。这种事，古人常做，复印机发明以后就渐成绝响了。但不可解的是，抄完诗集以后的我整个和抄书以前的我不一样了。把书送掉的时候，我竟然觉得送出去的只是形体，一切的精华早为我所吸取，这以后我欲罢不能地抄起书来，例如：从老师处借来的冰心的《寄小读者》，或者其他散文、诗、小说，都小心地抄在活页纸上。感谢贫穷，感谢匮乏，使我懂得珍惜，我至今仍深信最好的文学资源是来自双目也来自腕底。古代僧人每每刺血抄经，刺血也许不必，但一字一句抄写的经验却是不应该被取代的享受。仿佛玩玉的人，光看玉是不够的，还要放在手上抚触，行家叫"盘玉"。中国文字也充满触觉性，必须一个个放在纸上重新描摹——如果可能，加上吟哦会更好，它的听觉和视觉会一时复苏起来，活力弥弥。当此之际，文字如果写的是花，则枝枝叶叶芬芳可攀；如果写的是骏马，则嘶声在耳，鞍辔光鲜，真可一跃而去。我的少年时代没有电视，没有电动玩具，但我反而因此可以看见希腊神话中赛克公主的绝世美貌，黄河冰川上的千古诗魂……

读我能借到的一切书，买我能买到的一切书，抄录我能抄录的一切片段。

刘邦、项羽看见秦始皇出游，便跃跃然有"我也能当皇帝"的念头，我只是在看到一篇好诗好文的时候有"让我也试一下"的冲动。这样一来，只有对不起国文老师了。每每放了学，我穿过密生的大树，时而停下来看一眼枝丫间乱跳的松鼠，一直跑到国文老师的宿舍，递上一首新诗或一阕词，然后怀着等待开奖的心情，第二天再去老师那里听讲评。我平生颇有"老师缘"，回想起来皆非我善于撒娇或逢迎，而在于我老是"找老师的麻烦"。我一向是个麻烦特多的孩子，人家两堂作文课写一篇五百字"双十节感言"交差了事，我却抱着本子从上课写到下课，写到放学，写到回家，写到天亮，把一个本子全写完了，写出一篇小说来。老师虽一再被我烦得要死，却也对我终生不忘了。少年之可贵，大约便在于胆敢理直气壮地去麻烦师长，即使有老天爷坐在对面，我也敢连问七八个疑难（经此一番折腾，想来，老天爷也忘不了我），为文之道其实也就是为人之道吧？能坦然求索的人必有所获，那种渴切直言的探求，任谁都要稍稍感动让步的吧（这位老师名叫钟莲英，后来她去了板桥艺大教书）？

你在信上问我，老是投稿，而又老是遭人退稿，心都灰了，怎么办？

你知道我想怎样回答你吗？如果此刻你站在我面前，如果你真肯接受，我最诚实最直接的回答便是一阵仰天大笑："啊！哈——哈——哈——哈——哈……"笑什么呢？其实我可以找到不少"现成话"来塞给你作标准答案，诸如"勿气馁"啦、"不懈志"啦、"再接再厉"啦、"失败为成功之母"啦，可是，那不是我想讲的。我想讲的，其实就只是一阵狂笑！

一阵狂笑是笑什么呢？笑你的问题离奇荒谬。

投稿，就该投中吗？天下哪有如此好事？买奖券的人不敢抱怨自己不中，求婚被拒绝的人也不会到处张扬，开工设厂的人也都事先心里有数，这行业是"可能赔也可能赚"的。为什么只有年轻的投稿人理直气壮地要求自己的作品成为铅字？人生的苦难千重，严重得要命的情况也不知要遇上多少次。生意场上、实验室里、外交场合，安详的表面下潜伏着长年的生死之争。每一类的成功者都有其身经百劫的疤痕，而年轻的你却为一篇退稿陷入低潮？

记得大一那年，由于没有钱寄稿（虽然稿件视同印刷品，可以半价——唉，邮局真够意思，没发表的稿子他们也视同印刷品呢！——可惜我当时连这半价邮费也付不出啊），于是每天亲自送稿，每天把一番心血交给门口警卫以后便很不好意思地悄悄走开——我说每天，并没有记错，因为少年的心易感，无一事无一物不可记录成文，每天一篇毫不困难。胡适当年责备少年人"无病呻吟"，其实少年在呻吟时未必无病，只因生命资历浅，不知如何把话删削到只剩下"深刻"，遭人退稿也是活该。我每天送稿，因此每天也就可以很准确地收到两天前的退稿，日子竟过得非常有规律起来，投稿和退稿对我而言就像有"动脉"就有"静脉"一般，是合乎自然定律的事情。

　　那一阵投稿我一无所获——其实，不是这样的，我大有斩获，我学会用无所谓的心情接受退稿。那真是"纯写稿"，连发表不发表也不放在心上。

　　如果看到几篇稿子回航就令你沮丧消沉——年

轻人，请听我张狂的大笑吧！一个怕退稿的人可怎么去面对冲锋陷阵的人生呢？退稿的灾难只是一滴水一粒尘的灾难，人生的灾难才叫排山倒海呢！碰到退稿也要沮丧——快别笑死人了！所以说，对我而言，你问我的问题不算"问题"，只算"笑话"，投稿投不中有什么大不了！如果你连这不算事情的事也发愁，你这一生岂不愁死？

传统中文系的教育很多人视之为写作的毒药，奇怪的是对我而言，它却给了我一些更坚实的基础。文字训诂之学，如果你肯去了解它，其间自有不能不令人动容的中国美学，声韵学亦然。知识本身虽未必有感性，但那份枯索严肃亦如冬日，繁华落尽处自有无限生机。和一些有成就的学者相比，我读的书不算多，但我自信每读一书于我皆有增益。读《论语》，于我竟有不胜低回之致；读史书，更觉页页行行都该标上惊叹号。世上既无一本书能教人完全学会写作，也无一本书完全于写作无益。就连看一本烂书，也算负面教材，也令我怵然自惕，知道自己以后为文万不可如此骄矜昏昧，不知

257

所云。

有一天，在别人的车尾上看到"独身贵族"四个大字，当下失笑，很想在自己车尾上也标上"已婚平民"四个字。其实，人一结婚，便已堕入平民阶级，一旦生子，几乎成了"贱民"，生活中种种烦琐吃力处，只好一肩担了。平民是难有闲暇的，我因而不能有充裕的写作时间，但我也因而了解升斗小民在庸庸碌碌、乏善可陈的生活背后的尊严，我因怀胎和乳养的过程，而能确实怀有"彼亦人子也"的认同态度，我甚至很自然地用一种霸道的母性心情去关爱我们的环境和大地。我人格的成熟是由于我当了母亲，我的写作如果日有臻进，也是基于同样的缘故。

你看，你只问了我一个简单的问题，而我，却为你讲了我的半生。文章千古事，得失寸心知。记得旅行印度的时候，看到有些小女孩在编丝质地毯，解释者说：必须从幼年就学起，这时她们的指头细柔，可以打最细最精致的结子，有些毯子要花掉一个女孩一生的时间呢！文学的编织也是如此一生一世吧？这世上没有什么不是一生一世的，要做英雄、要做学者、要做诗人、要做情人，所要付出的代价不多不少，只是一生一世，只是生死以之。

我，回答了你的问题吗？

**图书在版编目（CIP）数据**

不朽的失眠 / 张晓风著. — 成都：四川人民出版社，2022.11
ISBN 978-7-220-12803-5

Ⅰ.①不⋯ Ⅱ.①张⋯ Ⅲ.①散文集-中国-当代 Ⅳ.①I267

中国版本图书馆 CIP 数据核字（2022）第 174228 号

BU XIU DE SHI MIAN

# 不朽的失眠

张晓风 著

| | |
|---|---|
| 出 品 人 | 黄立新 |
| 责任编辑 | 刘姣娇 |
| 责任校对 | 刘 静 |
| 装帧设计 | 张迪茗 |
| 责任印制 | 祝 健 |

| | |
|---|---|
| 出版发行 | 四川人民出版社（成都三色路 238 号） |
| 网 址 | http://www.scpph.com |
| E-mail | scrmcbs@sina.com |
| 新浪微博 | @四川人民出版社 |
| 微信公众号 | 四川人民出版社 |
| 发行部业务电话 | (028) 86361653 86361656 |
| 防盗版举报电话 | (028) 86361653 |
| 照 排 | 四川胜翔数码印务设计有限公司 |
| 印 刷 | 四川机投印务有限公司 |
| 成品尺寸 | 145mm×210mm |
| 印 张 | 8.5 |
| 字 数 | 150 千 |
| 版 次 | 2023 年 1 月第 1 版 |
| 印 次 | 2023 年 1 月第 1 次印刷 |
| 书 号 | ISBN 978-7-220-12803-5 |
| 定 价 | 58.00 元 |